물음표에서
느낌표로

물음표에서 느낌표로

국어교사 한준희의
행복한 인문교실 만들기

한준희 지음

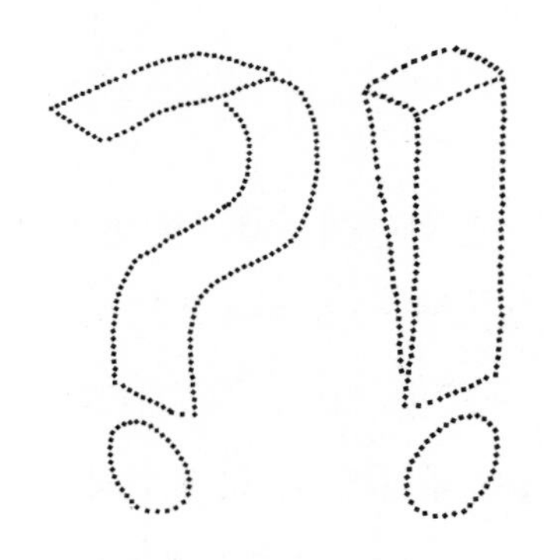

살림

추천사

한준희 선생님을 처음 만난 것은 대구의 한 여고 교정에서였다. 국어 선생님이었던 그는 '글쓰기반 아이들을 지도하고 있다'고 자신을 소개했다. 나는 '글쓰기를 가르친다고? 기교야 가르칠 수 있지만 글은 스스로에게서 뿜어져 나와야 하는데, 그걸 어떻게 가르친다는 말이지?'라고 생각했다. 글쓰기가 강조되면서 여기저기서 글쓰기를 가르치고 있지만 실상은 글쓰기 기교를 가르치는 경우가 허다했기 때문이다.

한준희 선생님에 대한 내 짐작은 기분 좋게 빗나갔다. 그는 학생들을 원고지 앞에 앉혀놓고 글쓰기를 가르치는 사람이 아니었다. 대신에 아직 나이 어린 학생들이 본 세상의 갖가지 풍경에 대해 듣고, 그 학생들보다 더 긴 인생을 살아온 자신이 본 풍경을 들려주었다. 학생들은 그 두 가지 풍경 속에서 여러 가지를 보았다. 한준희 선생님 역시 그때까지 보지 못했던 풍경을 보았다. 그것들은 자연스럽게 글이 되었다. _조두진(매일신문 문화부 기자)

***

스마트폰으로, 컴퓨터로 매주 찾아 읽던 글을 이렇게 만져보고, 줄을 긋고, 끼적일 수 있다니, 참 반갑다. 정신없이 쌓여가는 업무 속에서 타성에 젖어갈 때, '교육느낌표'를 읽으며 시원한 소나기를 만난 듯 마음을 가다듬곤 했다. 독서교육이 뭘까 고민하게 될 때, '독서는 자유로운 영토를 찾기 위해, 행복한 삶을 살아가기 위해 나아갈 수 있는 자유이용권'(독서는 보편적 교육이다)이라는 글에서 다시 힘을 얻었고, 사람 관계 속에서 상처 받을 때, '내 안에서 꿈틀거리는 욕망을 다독이며, 함께 걸어가는 친구를 만드는 것'(친구가 있으면 삶도 견딘다)이라는 글을 접하고는 오랜 친구에게 문자를 보냈다. 부디 이 책이 책장의 장식용이 아닌, 생각하고, 말하고, 나눌 수 있는, 그래서 조금 더 좋은 세상을 만드는 도구가 되길 바란다. 그럼 이 책을 위해 잘려나간 나무들도 참 다행이다 하겠다.
_손민영(교육부 연구사)

***

내가 아는 한준희 샘은…… 꿈꾸는 소년이다.

교사로 있을 때도 장학사가 되어서도 그는 똑같다.

그의 꿈은 변방에서 시작된다.

맹목으로 달리는 중심을 벗어나 온갖 아름다운 삶들이 피어나는 변방.

그곳에서 아이들은 여전히 밝게 웃고

교사들은 여전히 아이들과 함께 있고

교육은 여전히 이 나라의 미래를 고민한다.

한준희 샘이 꿈꾸는 변방에 요즘 제법 아름다운 꽃들이 피고 있다. 책쓰기, 토론, 인문학,

이 모든 것이 사람을 따스하게 만드는 활동임을 알기에

그의 꿈판에는 늘 아이들과 교사가 주인으로 나선다.

그의 꿈판에서 우리는 함께 춤을 춘다.

그의 꿈에 우리가 함께여서 우리의 꿈도 덩달아 행복하다.

_이금희(대구공업고등학교 수석교사)

***

한준희 장학사는 대구시교육청의 한 사무실에서 같이 일한 동료였다. 그의 글에서 말한 것처럼, 뜻을 함께하다 뜻이 바뀌면 돌아서는 동지가 아닌, 같은 사무실에서 일을 매개로 한 삶의 시간을 함

께 걸어가는 동료였다.

한준희 장학사는 글에서 이야기해준다. 언 땅을 뚫고 나와 마침내 꽃으로 세상을 아름답게 물들이는 봄과 같이 따뜻한 가슴을 지닌 사람이 되라 한다. 때론 여름처럼 뜨거운 열정으로 세상을 대하고, 사람과의 소통과 관계 속에서 가을의 외로움을 이기라 한다. 또한 겨울의 차가운 바람처럼 냉철한 의식으로 불의를 몰아내라 한다.

글을 통해 그와 많은 이야기를 나누다보면 문득 이런 생각을 하게 된다. 사람도 자연과 같아서, 봄같이 따뜻한 사람, 여름처럼 뜨거운 사람, 가을을 닮아 서늘한 사람, 겨울만큼 차가운 사람이 있다. 이들은 세상의 곳곳에 흩어져 제 기온과 풍경을 만든다. 나는 지금 이곳 나의 자리에서 어떤 기온과 모습으로 세상 풍경의 한 자락을 만들고 있는지! 내 세상이 이 세상 속에 있기나 한지!

_김영희(대구달성교육지원청 장학사)

***

얼마 전 나의 이상형을 재정의했다. 마흔을 넘기니 이상형을 물어봐주는 사람조차 없어 슬프지만, 성별을 떠나 이상적으로 여기는 인간상을 고민하는 것은 나 스스로 어떤 인간이 될 것인가라는 고민과도 맞닿은지라 의미 있었다. 아우슈비츠에 수감되었던 유대인 정신과 의사 빅토르 프랑클은 '산다는 것은 바로 질문 받는 것입니다. 우리 모두는 대답해야 하는 자들입니다. 삶에 책임지고 답변하는 것 말입니다'라고 말했다. 신문에서 한준희 선생님의 글을 읽을 때마다 나는 그가 얼마나 철저하게 질문하는지 알 수 있었다. 그의 글은 교육자로서 '무엇을 가르칠 것인가'를 쓰고 있지만, 글자 사이사이에서 내가 읽은 것은 아이들에 대한 따뜻한 사랑 그 자체여서 안심했었다. '질문하고 배우기를 기꺼이 하는 자'가 내가 새로 정의한 이상형이다. 질문이란 변화와 성장의 동력이다. 도대체 답이 없다며 모두가 교육에 대해 도리질할 때, 끝까지 고민을 놓지 않는 선생님의 성실한 의지에 고마움을 전한다.

_이영서(『책과 노니는 집』 작가)

***

한준희 선생님의 글은 참 따뜻합니다. 사람에 대한 애정과 배려가 글에서 그대로 묻어납니다. 그러나 단지 따뜻하기만 한 것은 아닙니다. 따뜻하면서도 냉철합니다. 이 사회의 문제와 해법에 대한 고민이 글에 담겨 있기 때문입니다. 이런 필력은 손이 아니라 사람한테서 나오는 것입니다. 한준희 선생님을 직접 만나면서 그 사실을 깨달았습니다. 그의 인간됨과 겸손함, 추진력에 깊은 인상을 받았습니다. 마음을 묵직하고 차분하게 만드는 글은 요즘 세상에 드뭅니다. 수많은 책이 쏟아져 나오지만 작가의 이름, 화려한 미사여구, 출판사의 홍보에 기대는 책들을 읽다보면 공허함이 깊어집니다. 이 책으로 공허함을 달래기를 바랍니다.

_윤지영(공익인권법재단 '공감' 변호사)

***

오늘도 책쓰기 동아리 활동을 하면서 아이들을 만났다. 책 읽고 감동받은 이야기를 서로 나누면서 아이들은 정말 행복해했다. 이야기를 나누고 나면 자신들이 품고 있는 꿈에 대한 자신감과 용기가 생겨난다면서, 이런 기회를 누리는 것에 대해 스스로를 행운아라며 좋아했다. 나는 아이들의 이야기를 들으면서 대구에 있는 한준희 선생님이 참 좋아하시겠다는 생각을 했다. 그리고 그런 시간들을 이곳 대전까지 나누어주셔서 진심으로 고마웠다. 한준희 선생님으로 만난 인연이 벌써 8년째. 치열한 입시경쟁 속에서 아이들이 조금이라도 행복해질 수 있는 교육을 고민했던 시간들이다. 오늘도 나는 아이들의 눈에 반짝이는 별을 심어주는 교사가 될 수 있도록 기쁜 마음으로 아이들과 책으로 소통하려 한다. 이것이 한준희 선생님에게 배운 교사의 행복이기 때문이다. _박창연(대전 호수돈여자고등학교 교사)

들어가는 말

교육은 느낌표와 물음표의 반복

"너는 꿈이 있니?" 내가 나에게 물었다.

"응, 다행이야, 그치?"

나이가 들수록 현실적으로 된다는 말은 이제 보니 거짓이다. 오히려 나이가 드니 꿈을 실질적으로 꾸어보게 된다. 세상이 그리 만만하게 보여서가 아니라 삶이라는 것이 그리 만만하게 살아서는 안 되는 것임을 알아서다. 세상이 만만한 것이 아니라는 것을 알아서 사람들은 현실적으로 자신의 안위와 이익과 안주를 받아들인다고 했는데 이제 보니 그렇지는 않은 것 같다. 한평생 살면서 새로운 꿈 하나 가슴에 품고 살지 못한다면 그게 무슨 인생이냐고, 지금보다 더 좋은 세상 하나 가슴에 가지고 살지 못한다면 그게 무슨 삶이냐고, 나이든 내가 나에게 말한다. 삶이라는 것은 어느 순간 나이 들고, 무상으로 돌아갈 것임을 언뜻 느끼는 나이가 되니 아, 이제 진짜 꿈을 꾸며 살아야겠구나 싶다.

_한 친구의 글에서

하늘과 바람 그리고 나뭇잎이 맑고 깨끗합니다. 비에 젖은 플라타너스 이파리가 파란 하늘가에 더욱 짙은 빛으로 자신을 드러내고 있습니다. 친구가 쓴 글을 읽다가 갑자기 눈시울이 뜨거워졌습니다. 내가 국어 선생이라는 꿈을 가지고 살아온 시간은 누가 뭐래도 행복했습니다. 하지만 꿈과 현실은 언제나 상반된 풍경으로 나에게 다가왔고, 그 둘 사이에서 매일 흔들리면서 걸어왔습니다. 그래도 그 시간들을 견딜 수 있었던 가장 큰 힘은 바로 '꿈'이 있었다는 것입니다.

언젠가 우연히 바라본 아이들 교실 뒤편 게시판에는 대학 사진으로 도배되어 있었습니다. 하버드, 옥스퍼드, 카이스트, 서울대, 고려대, 연세대, 경북대……. 그런데 그 밑에 두 개의 묘한 사진이 붙어 있었습니다. 타지마할과 마추픽추. 그렇게 배열한 아이들의 마음은 무엇이었을까요? 타지마할과 마추픽추는 단지 그들의 꿈일까요? 하버드와 서울대의 위세에 가려 타지마할과 마추픽추는 가장자리로 밀려나 있었습니다. 슬픈 풍경.

'교육의 느낌표와 물음표'라는 제목으로 낙서를 했습니다. 교육은 수많은 물음표와 느낌표의 반복으로 이루어집니다. '왜?'와 '아하, 그거!'의 반복적인 흐름 말입니다. 하지만 현재의 교실 풍경은 그렇지 않습니다. 참고서나 문제집 해설서에 담긴 헤아릴 수 없이 많은 느낌표들을 아이들에게 강제로 주입합니다. 물음표에서 시작하지 못한 느낌표는 그야말로 무의미합니다. 화석화된 지식더미에 불과합니다. 초·중등교육의 마지막 평가라고 할 수 있는 수학능력시험도 화석화된 느낌표의 일부입니다. 삶은 수많은 물음표로 이루어져 있습니다. 정답도 없습니다. 따라서 느낌표로 강제 주입된 지식들은 아이들이 세상을 살아나가는 데 별로 도움을 주지 못합니다. 지금이라도 교육의 방식을 바꾸어야 합니다. 먼저 물음표로 시작해야 합니다. 강요된 지식으로서의 느낌표와, 물음표에서 나아간 느낌표는 엄청난 차이를 지닙니다. 아이들은 그런 과정을 통해 삶의 길에 존재하는 수많은 물음표에 능동적으로 대응할 수 있는 힘을 지닐 수 있습니다.

물음표는 이성적이고 논리적이라는 의미를 내포하고 있습니다. 삶에는 논리만 존재하는 것이 아닙니다. 논리는 대립과 갈등의 다른 이름이기도 합니다. 단지 강요된 지식을 의미하는 느낌표가 아니라 공감하고 배려하는 감성이 중시되는 느낌표를 바라는 열망이 포함된 제목이기도 합니다. 물음표만 중시하면서 옳고 그름, 맞고 틀림만 가르칠 것이 아니라 보고, 읽고, 듣고, 그리고 느끼는 과정이 중요하다는 말입니다. 아이들이 마음

속에 지닌 '느낌표'를 어여삐 여겨야 합니다. 혹시 지금 그렇지 않은가요? 회색빛 건물들에 가려 노을이 담긴 하늘 한 자락 보지 못하는 것 아닌가요? 벽에 갇혀 바람이 보내주는 아름다운 풍경을 보지 못하는 것 아닌가요? 오늘, 분명 바람은 말합니다. 내가 보고 싶은 풍경은 궁극적으로 느낌표로 가득찬 풍경이라고.

"너는 꿈이 있니?" 내가 나에게 물었다.

"물론, 꿈이 있지." 내가 나에게 대답했다.

"꿈이 뭐니?" 내가 나에게 다시 물었다.

"내 꿈은 내가 영원히 꿈을 잃어버리지 않는 거야." 내가 나에게 대답했다.

_한 친구의 글에서

'풍경'이라는 말이 참 좋습니다. '풍경'이라는 말에는 바람소리가 담겼습니다. '풍경'이라는 말에는 쓸쓸함도 담겼습니다. 그대도 그 바람소리를 듣고 있는가요? 차라리 귀를 닫고 싶은 소리들로 인해 지금 불어오는 바람소리가 들리지 않는 것은 아닌가요? 다시 귀기울여 바람소리를 들어보세요. 분명 들릴 겁니다. 여전히 흔들리며 살아가는 것이 내 살아가는 풍경이지만 지난 몇 달 간은 흔들리는 나무들처럼 몸을 가눌 수 없었습니다. 내 속의 거센 바람은 내 변화된 삶의 풍경에 대한 무지와 원망과 비난과 미움의 바람이었습니다. 그게 참으로 힘들었습니다. 내 스스로 내 삶을 미워하는 마음은 무엇보다도 고통스러운 것이지요. 그대도 지금 그렇지 않나요? 따뜻한 마음보다는 차갑고 싸늘한 것들만 만지고 살아가고 있지는 않나요? 그래. 내 꿈은 그렇습니다. 내가 영원히 꿈을 잃어버리지 않는 것. 위대한 사람과 그렇지 못한 사람의 가장 큰 차이는 꿈의 유무에 있다고 합니다. 그런 점에서 나는 영원히 위대한 사람이고 싶습니다.

아이들이 자신의 꿈을 향해 몰입하고 있는 풍경은 사람들이 만드는 풍경 중에서 가장 아름다운 풍경입니다. 수없이 질문하던 아이들의 목소리가 들리지 않고 그냥 책에, 문제집에 얼굴을 묻고 있으면 분명 시험 칠 시간이 다가온 것입니다. 시험이 다가오면 아이들은 조금씩 말을 잃어갑니다. 오랜 시간 함께해온 익숙한 풍경이지만 그런 풍경은 나를 쓸쓸하게 만듭니다.

언제나 소수의 승자만이 존재하는 제로섬 게임에서 헤어날 수 없는 아이들의 미래가 안타까웠습니다. 선생님이라는 자리가 참 좋았습니다. 내 조그만 노력으로 아이들에게 꿈을 주고, 그 꿈을 향해 걸어갈 수 있도록 도와주는 사람이 되는 그것이 바로 내 꿈이 되는 멋진 길. 지금도 나는 꿈을 꿉니다. 아이들이 삭막한 곳을 지나더라도 마른 꽃향기나마 만나기를. 회색 콘크리트 길에서도 담쟁이 잎을 바라보고 악기소리에 젖어보기를. 흙이 사라진 길에서도 나뭇잎 하나 주워보기를.

아이들에게 꿈이 만드는 아름다운 풍경을 보여주는 본래의 교육으로 돌아가야 합니다. 아이들이 경쟁을 해야 하는 건 이기기 위해서가 아니라 행복해지기 위해서입니다. 개개의 인간이 하나의 점이지만 나름대로의 부피를 가진 존재임을 알게 하기 위해서입니다. 얼굴과 인격은 서로 다르지만 행복해질 수 있는 권리는 모두가 갖추고 있음을 알아야 합니다. 저마다의 소리를 가지고 저마다의 길을 걸어갈 수 있는 사람으로 아이들을 기르는 것이 교육입니다. 저마다 모닥불로 타는 가슴을 안고 눈물나도록 마음자리 가까이 기쁨으로 앉아 따스한 손 마주잡고 사랑한다는 말을 할 수 있도록 가르쳐야 합니다. 아이들에게 끊임없이 자신과 타인의 삶을 접속하게 하고 횡단하게 하고 거기에서 자신의 삶을 창조하는 길을 가르쳐야 합니다. 자신의 미래에 대해 자유롭게 꿈꾸는 방법을 가르쳐야 합니다. 여기에 담은 이야기는 나와 내 친구들이 걸었고, 걷고 있고, 앞으로 걸을 아름다운 길에 대한 보고서입니다. 소박하지만 절실했던 시간의 기록입니다. 그 시간을 함께 걸었던 가족들, 친구들, 아이들, 그리고 어려운 여건 속에서도 예쁜 책을 만들어주신 출판사 관계자들에게 이 책을 드립니다.

2015년 8월 대구에서

한준희

차례

1부

지금 꾸는 꿈이 좋은 꿈이길

2부

나에게 쓰는 편지

3부

아이들이 하늘이다

4부

모두가 어울려 꾸는 꿈

5부

논술교육에 관한 생각

6부

책읽기, 책쓰기

7부

나의 걸음으로 만드는 길

1부

지금 꾸는 꿈이
좋은 꿈이길

달개비꽃, 바다 그리고 꿈

'아직 존재하지 않는 것'에 대한 미련은 우리를 영원히 기만할 것이다. 그래서 희망을 상상하는 것은 절망이나 위안의 다른 말일지도 모른다. 희망이 우리를 잡아두고 있는 것은 그것이 성취되지 못한 무엇으로 이루어져 있는 욕망이기 때문이다. 희망은 완결된 이상에서 나오는 것이 아니라 미래를 향한 변혁 의지 자체에 소재하고 있다. 그래서 우리는 희망을 품기 위해서는 보다 나은 세계를 향한, 세대를 거듭한 꿈들이 여전히 미완성임을 인식해야만 한다. 그래서 인간은 영원히 상상하는 존재인 것이다.

_임정택, 『상상—한계를 거부하는 발칙한 도전』에서

희망은 성취되지 못한 무엇이 만들어낸 욕망입니다. 그러므로 이미 그 자체가 미완성이지요. 희망이란 단어를 꿈으로 바꾸어도 무방합니다. 나에게 꿈이 있다는 말은 여전히 욕망하는 무언가가 있고 그 욕망은 아직도 미완성이라는 의미이지요. 지금부터 내 꿈이 걸어온 길을 이야기하려고 합니다. 꿈을 이야기하는 것은 행복합니다. 아이들에게 '네 꿈이 뭐냐?'고 묻기보다는 '내 꿈은 이랬다'고 이야기하는 편이 훨씬 좋습니다. 내 꿈이 걸어온 길은 이랬습니다.

초등학교 5학년, 내 꿈이 만들어진 시간. 고향에는 아주 맑은 샘이 있어서 마을 이름도 '새미'였습니다. 물이 얼마나 맑은지 파란 하늘을 그 속에 담고 있는 듯했지요. 그런 샘물가에 달개비꽃이 피어 있었습니다. 물빛이 파래서인지 남보랏빛의 달개비꽃도 나에게는 파랗게 느껴졌습니다. 하늘도 그랬고 들판도 그랬고 산도 그랬습니다. 달개비꽃은 내 꿈의 중심에 남아 있는 풍경입니다.

그때에는 해마다 '고전 읽기 대회'라는 것이 있었습니다. 대회에 참가하기 위해 포항에 갔습니다. 대회가 끝난 후 선생님은 나를 데리고 바다로 가셨습니다. 아마 지금의 송도 바닷가였던 것 같습니다. 바다가 나에게 던져준 충격은 엄청난 것이었지요. 내가 푸름의 전부라고 생각했던 달개비꽃은 이미 머릿속에서 지워지고 있었습니다. 어린 영혼은 바다의 엄청난 푸름에 압도당했습니다. 그때부터 나는 언어를 잃어버렸습니다. 정확하게 이야기한다면 문학을 창조하는 언어를 잃어버렸습니다. 바다는 너무나 커서 내가 아는 글로 표현할 수가 없었던 것이지요. 나는 절망했습니다.

나는 문학을 좋아했습니다. 그거 해서 뭐하느냐고 성화셨던 어머니의 부지깽이에 맞아가면서도 시 나부랭이, 소설 나부랭이를 써대고 읽어댔습니다. 그런데 바다를 보는 순간 글을 쓸 수가 없었습니다. 내 꿈인 문학은 모두 바다에 있었으니까요. 다시 그것을 찾아야만 했습니다. 그래서 나의 꿈은 자연스럽게 그 문학의 바닷속에 감추어진 이야기들을 건져올리는 방향으로 바뀌었고, 그래서 그 속에 감추어진 많은 이야기를 찾아 가르치는 선생님이 되고 싶었습니다.

내가 힘든 삶에 지쳐 쓰러질 때도 꿈을 찾아가는 길은 나의 일상을 굳게 잡아 일으켜주었습니다. 그리고 거짓말처럼 나는 국어 선생이 되었습니다. 하지만 그 순간 그만 맥이 풀렸습니다. 어쩌면 '국어교사'는 내 오랜 꿈이었지만 그것이 내 행복의 전부는 아니었던 셈입니다. 아이들을 가르친다고 했지만, 거기엔 언제나 나만 존재했고 아이들은 없었습니다. 같은 상황이 해마다 반복되었고 결국 지겨움이 나를 엄습하기 시작했습니다. 내 속의 알량한 지식을 정리해보기도 하고, 국어와 문학 교과서에 실린 모든 작품을 내 나름으로 분석해보기도 했습니다. 아이들과 함께 문학의 현장으로 달려가 시인과 소설가의 고향이나 작품의 배경을 탐색하기도 했습니다. 그럼에도 가슴 한쪽은 늘 비어 있었고, 무엇으로도 채워지지 않는 허기로 항상 답답했습니다. 내 답답함을 해소도 하지 못한 채 교실에서는 단지 지식만을 전달하고 있는 내 모습이 조금도 변한 것 없이 지속되었습니다. 좌표가 사라졌다고 해서 좌표가 있던 자리조차 사라진 것은 아닌데 왜 그렇게 쉽게 맥이 풀려버린 것이었을까요?

내가 걸어가는 길이 지닌 내면의 풍경, 내가 만들어가는 꿈의 마음을 찾아야 했습니다. '국어 선생님'이라는 내 꿈은 사실상 껍데기였던 셈이지요. 그건 내 직업의 이름이었고, 내가 타인을 향해 나를 드러내는 하나의 방식일 뿐이었습니다. 깨달음은 신선하게 다가왔습니다.

나는 드가로 살고 싶다

어릴 때 본 〈빠삐용〉을 이제 거의 잊었다. 하지만 절대 잊히지 않는 순간이 있다. 스티브 매퀸이 까마득히 높은 벼랑에서 뛰어내려 탈출에 성공한 마지막 장면, 작은 점이 되어 멀어지는 친구를 바라보며 간신히 울음을 참던 벼랑 위 더스틴 호프먼의 표정. 내 기억이 맞다면 더스틴 호프먼이 연기한 배역 이름이 '드가'였다.

_김세윤, 「아찔하고 아름다운 '구름 속의 산책'」(『시사IN』 125호)에서

이 시대의 빠삐용은 누구이고 드가는 누구일까요? 나는 빠삐용인가요, 드가인가요? 아니면 이도 저도 아닌가요? 차라리 바쁘게 살자고 다짐하면서 세상과는 소통하지 않고 겨울을 지내고 있습니다. 신기한 건 그렇게 소통을 거부하는데도 거부하는

것 자체가 이미 세상과의 소통이 전제되어 있었다는 사실. 이도 저도 아닌 모습으로 살기를 거부한다면 최소한 난 빠삐용이나 드가 중의 하나를 선택해야 할 것입니다.

"잘 모르겠어요. 내가 무엇을 해야 하는지."

긴 시간의 대화 끝에 그 아이는 언론과 관계된 일에 종사하고 싶다고 했습니다. 돌아서는 아이의 표정은 아주 밝았습니다. 교사라는 직업이 그렇습니다. 그것 자체가 이미 내 꿈이기도 하고, 아이들의 꿈을 도와주는 사람이기도 합니다.

'나는 빠삐용일까, 드가일까?'

요즘 그런 생각이 많습니다. 누군가가 꿈을 이루려고 떠날 때 마지막으로 인사를 건네는 사람이 내가 되었으면 하는 바람. 남은 내 삶은 빠삐용이 아니라 드가로서의 삶에 충실하고 싶은 바람. 문득 그것이 훨씬 쓸모있는 삶이라는 생각이 들었습니다.

다큐멘터리 영화 〈맨 온 와이어〉. 어릴 때 우연히 잡지에서 쌍둥이 빌딩의 조감도를 본 필리프는 빌딩 양쪽에 줄을 묶고 건너는 꿈을 가집니다. 결국 필리프는 그 꿈을 이룹니다. 나를 감동시킨 것은 자신의 꿈을 향해 평생을 걸어가는 필리프보다는,

그런 그의 꿈을 위해 자신의 모든 것을 걸었던 그의 친구들입니다. 8시간 동안 줄 위에서 공연한 후, 필리프는 땅 위에 다시 내렸습니다. 그는 울지 않습니다. 하지만 줄을 매고, 당기고, 카메라로 찍고, 줄 아래에서 수천 명의 사람들과 함께 조마조마한 마음으로 지켜본 그의 친구들은 울음을 터뜨립니다. 〈맨 온 와이어〉에는 필리프를 응원한 많은 사람들의 풍경이 있습니다.

교사라는 존재는 빠삐용이기도 하고, 드가이기도 합니다. 필리프이기도 하고, 그의 친구들이기도 합니다. 내 꿈이 선생님이었으니까 난 이미 꿈을 향해 달려간 빠삐용이고 필리프입니다. 그러면 이제 드가와 필리프의 친구들이 될 필요도 있습니다. 이 세상의 모든 선생님이 그런 사람들로 채워졌으면 하는 불가능한 상상도 했습니다. 누구나 자신의 행복을 바랍니다. 하지만 그 꿈이 타인의 꿈과 행복에 도움을 준다면 얼마나 아름다운 세상이 될까요? 그게 진정 사람 사는 세상이 아닐까요? 꿈은 위대합니다. 나아가 전지전능합니다. 신문에 난 사진 속의 선이 현실의 줄이 되는 감동. 그런 행복은 꿈꾼 자만이 누릴 수 있습니다. 수업시간에 이런 물음을 던진 적이 있습니다.

"내가 선 지금 이 자리에서 계속 앞으로 걸어간다면 난 어디로 갈까?"

아이들의 대답은 다양했습니다. 산이 나오고, 강이 나오고, 바다도 나오고, 화장실도 나왔습니다. 하지만 정답은 '바로 이 자리'입니다. 지구는 둥그니까요. 어쩌면 참 슬픈 일이기도 합니다. 아무리 걸어가도 제자리로 돌아올 수밖에 없다는 걸 알고 우리는 절망할지도 모르니까요. 그런 점에서 안다는 건 절망과 다름없습니다. 달에는 분화구만이 아니라 계수나무가 있고 토끼가 있다는 건 얼마나 아름다운가요.

그렇습니다. 힘들기는 하지만 다시 꿈을 꿀 수 있는 공간을 사람들의 마음속에 만들어야 합니다. 그것이 슬픈 형상으로 살아가는 우리들이 연대할 수 있는 유일한 힘입니다. 빠삐용이나 필리프가 아닌 드가나 필리프의 친구들이 많은 세상. 이미 욕망이 지배하는 이 시대에는 당연히 그래야만 하는 이런 마음도 단지 꿈이라는 현실이 한없이 쓸쓸합니다. 그의 꿈이 나의 꿈이 되고 함께 꿈을 꾸는 아름다운 세상. 내 꿈을 위해서 누군가의 꿈을 짓밟아야 하는 그런 세상이 아니라, 내 꿈을 위해서 타인을 이겨야 하는 그런 세상이 아니라, 서로가 서로의 꿈을 위해 살아가는 그런 세상.

이런 마음이 단지 꿈으로만 그치지 않기를.

아빠의 작은 약속

국어 선생님이라는 오랜 꿈을 이루는 순간, 이미 그건 꿈이 아니었습니다. 내 현실이었고 내 현재였습니다. 시간조차도 무섭게 나에게 달려와서는 나를 현재에 던져두고 달아나버렸습니다. 시간이 무의미했습니다. 나는 단지 선생이라는 외피를 두르고 시간을 보내는 그런 존재일 뿐이었습니다. 선생이라는 상투적인 표식 외에는 세상에 나를 드러내는 방식은 존재하지 않았습니다. 스스로 시간을 만드는 삶의 주인공이 되고 싶었습니다. 비로소 나는 다시 꿈을 생각했습니다.

그러던 어느 날, 2005년쯤으로 기억합니다. 딸아이가 초등학교 5학년 때였습니다. 딸아이는 교과서 공부보다 책 읽는 것을 더 좋아했습니다. 어릴 때의 기억이 떠올라서 아이가 읽은 책에 관해 이야기하고 생각을 나누었습니다. 딸아이는 만화부터 시작해서 동화, 소설, 심지어 철학 서적까지 그야말로 종류와 관계없이 닥치는 대로 책을 읽었습니다. 지금 딸아이는 고등학교 3학년입니다. 진로에 대한 걱정은 크게 하지 않을 만큼 성적이 좋은 편입니다. 초등학교 때보다는 중학교 때가, 중학교 때보다는 고등학교로 진학하여 성적이 더 올랐습니다. 여전히 드라마나 영화도 보고, 좋아하는 음악도 들으면서 스스로 공부하고 있습니다. 독서는 모든 학습의 기초 공사입니다. 따라서 초등학생에게 가장 좋은 교육은 분명 독서입니다. 성적만을 강조하지 말고 책을 가까이하게 하면 그 아이는 분명 자라는 만큼 성적도 오릅니다. 기반이 튼튼하기 때문입니다.

이야기가 잠깐 다른 방향으로 흘렀습니다. 2005년으로 다시 돌아갑니다. 학교에서 시험을 치고 돌아온 딸아이가 갑자기 학교에 가고 싶지 않다고 떼를 썼습니다. 공부하는 것도 싫고, 공부 잘하는 어떤 친구가 싫다는 것이 이유였습니다. 자기밖에 모르는 이기적인 친구가 하나 있는데 그런 애가 자기보다 공부 잘하는 것이 싫다는 이유였습니다. 대화의 출발은 친구, 학교였는데 문제의 본질까지 이어졌습니다. '왜 이런 나라에 자신을 낳았느냐?', '왜 이모 따라 미국에 가게 해주지 않았느냐?'에 이어 '1등에서 꼴찌까지 나열되는 이런 교육 구조가 싫다'는 말까지 나왔습니다. 초등학교 5학년 아이의 입에서 나올 만한 이야기는 아니었습니다. 공부를 잘하는 편에 속했기 때문에 별로 걱정하지 않았는데, 공부를 잘한다고 반드시 행복한 건 아니라는 생각에 마음이 답답했습니다. 어떤 말로든 아이에게 답변을 해줘야 할 텐데 아이가 비판하는 바로 그 사회구조의 중심에 내가 속해 있다는 생각이 나를 부끄럽게 했습니다. 딸아이 손을 잡고 아파트 옆 공원으로 사흘 내리 산책하러 나갔습니다. 그리고 아이와 약속했습니다.

'아빠는 고등학교 국어 선생님이다. 선생님인 나조차도 그런 문제에 대해 크게 고민하지 않고 살았구나. 하지만 앞으로 최선을 다할게. 네가 알다시피 아빠는 선생님이라는 직업을 가진 한 사람일 뿐이다. 힘이 많이 부족하지만 네가 대학교 들어갈 때쯤에는 지금과는 조금은 달라진 교육환경에서 살아갈 수 있도록 최선을 다하마. 아빠를 믿어줄 수 있겠니?'

비록 작은 약속이었지만 그것이 새로운 꿈으로 자라났습니다. 2006년부터 교사의 일방적인 강의 위주의 수업방식을 개선하기 위해 '대구통합교과논술지원단'을 만들어 다양한 방법을 찾으며 자료집을 발간하는 일을 계속했고, 2008년에는 꿈을 찾기 위한 책쓰기 교육을 시행했습니다. 바쁜 와중에도 교육의 미래와 관련된 책을 많이 읽었습니다. 그런데 신기하게도 그런 과정에서 텅 비어 있던 마음이 조금씩 채워지기 시작했습니다. 답답했던 마음이 가벼워지면서 교통체증에서 벗어난 것처럼 시원해졌습니다. 바라는 모든 것이 바로 이루어졌다기보다는, 비로소 내가 걸어가야 할 길이 어느 방향인지를 찾은 듯했기 때문이지요. 결국 딸아이의 답답함이 바로 내 답답함의 근원이었던 것입니다.

먼 훗날의 나를 보다

이런 더러운 세상에 날 던져놓은 엄마도 참 원망스러웠죠. 방법은 하나였죠. 엄마와 이 구질구질한 세상을 떠나버리는 것……. 숨이 막히지 않게 3분마다 가래를 빼내줘야 했어요. 아무것도 할 게 없었습니다. 그냥 가만히 앉아서 10분 동안 견디면 되는 거였습니다. 그때였습니다. 옆방에서 소리가 들려왔습니다. 생전 처음 들어보는 아름다운 음악이었죠. 정말입니다. 꿈인지 환상인지 모르겠는데 난 거기서 오케스트라를 봤습니다. 그 오케스트라를 지휘하고 있는 먼 훗날의 나도 봤습니다. 구원이었죠. 위로였고 힘이었습니다. 그리고 저는…… 지휘자가 되었습니다.

_MBC 드라마 〈베토벤 바이러스〉 강마에 대사 부분

〈베토벤 바이러스〉라는 드라마가 있었습니다. 음악을 통해 상처를 극복하고 꿈을 찾아가는 아름다운 이야기. 이 드라마는 주인공인 괴팍한 지휘자 강마에를 연기한 김명민이라는 배우의 명연기와 함께 많은 감동을 주었습니다. 시향 첫 공연의 곡목을 합창교향곡으로 택한 강마에는 공연을 앞두고 사흘 연속 쏟아진 폭우 때문에 어려움을 겪습니다. 합창단이 있어야 합창교향곡을 공연할 수 있는데 그들은 올 수 없다고 연락해왔고 공연 시작 20분 전인데도 객석은 반도 차지 않습니다. 수재민들조차 이 상황에 공연을 한다는 것은 말도 안 된다고 방해하고, 그들과 몸싸움을 벌이던 강마에는 오른팔을 다치기도 합니다. 강마에는 수재민 대표에게 아들을 데리고 있다며 빵값 대신 공연을 보러 오라고 제안합니다. 그럼에도 수재민 대표는 강마에에게 냉정하게 대합니다. 우여곡절 끝에 합창교향곡 연주는 시작되고, 화면에는 공연을 관람하고 있는 수재민 대표가 보이며, 강마에의 과거가 합창교향곡과 함께 오버랩 됩니다.

공연은 성황리에 끝납니다. 객석은 환호성과 박수로 가득찼고 수재민 대표도 감동하였습니다. 드라마 곳곳에 감동적인 장면이 많았지만, 내 기억에는 이 장면이 가장 아름답게 남아 있습니다. 차가움과 따뜻함이 공존하며, 합리성과 무모함, 거기에다 괴팍스러움까지 갖춘 강마에의 아픈 과거가 이 부분에서 나옵니다. 어린 시절 강마에의 고통스러운 상처가 드러나면서 그 상처를 이겨나간 계기는 바로 웅크리고 앉아 울고 있던 어린 강마에가 먼 훗날 멋진 지휘자가 된 자신을 만나는 체험이었던 것입니다. 이처럼 꿈은 어떤 어려움도 극복하게 만드는 만병통치약입니다.

강마에가 관객에게 전달하고 싶었던 그 마음, 선생인 내가 아이들에게 전달하고 싶은 바로 그 마음, 나는 드라마를 통해 나를 들여다보았습니다. 언제나 부끄럽고 부족했던 나의 지난 시간이 주마등처럼 스쳐지나갔습니다. 나도 그런 생각을 많이 했었습니다.

'왜 나는 하고 싶은 것을 다 하지 못했을까? 그때 왜 그렇게 살지 못했을까?'

어른이 되고, 가정을 이루고, 아이들이 태어나면서 오히려 그런 생각을 더 많이 한 적도 있었습니다. 하지만 그보다도 더 많은 시간이 흐르면서 나는 깨달았습니다. 핑계를 만들기 위해 그렇게 생각한 것이라고. 이겨나갈 생각보다는 도피할 마음이 더 큰 것이었다고. 나는 이 정도밖에 안 되는구나, 삶에 잡아먹혔구나. 아마 그때 내 삶의 방향을 바꾸지 않았다면, 다시 새로운 꿈을 꾸지 않았다면 그런 마음으로 평생을 살았을 것입니다. 다시 꿈을 꾸기 시작하면서, 힘들지만 한 걸음씩 걸어나가는 내가 대견하게 느껴지기 시작했습니다. 요즘은 그렇습니다. 어떤 장애가 앞을 가로막아도 별로 흔들리지 않습니다. 어차피 현재보다 더 나은 현재는 없다고 믿으니까요. 내가 꾸는 이상향은 내가 충실하게 걷는 지금 여기에 있다는 것을 압니다. 내가 걷는 길은 내가 꾸는 꿈을 걷는 길입니다.

아직도 나는 확신하기는 어렵습니다. 내가 만들고 꿈꾸는 내 삶의 공연이 엉망으로 끝날 수도 있습니다. 하지만 그건 먼 훗날의 일입니다. 지금 나에게 보이는 것은 내가 걸어가는 길의 풍경일 뿐입니다. 관객이 적고, 악기 상태가 나쁘더라도 나는 내 공연을 끝까지 지휘할 것입니다. 내가 꿈을 가지고 살아가는 한, 나는 신에게 선택받은 사람입니다. 신은 나에게 아이들을 가르치는 사람으로 만들었고, 가르치는 풍경이 가장 아름다운 풍경이란 걸 가르쳐주었습니다. 여전히 부끄러운 부분이 많지만, 내가 신이 아니기에 완벽해질 수 없다는 것도 압니다. 다시, 봄입니다. 시간은 어김없이 다음 계절로, 다음 시간으로 흐릅니다.

'제발 내가 만드는 공연이 사람들을 행복하게 만들고, 그 행복이 더 많은 사람들에게 전파될 수 있다면?'

그것만이 현재의 내 꿈입니다. 나는 '꿈'에 미쳤습니다.

타인을 위한 눈물,
그것이 내 꿈

슬프다

내가 사랑했던 자리마다

모두 폐허다

_황지우, 「뼈아픈 후회」(『어느 날 나는 흐린 酒店에 앉아 있을 거다』) 부분

내가 사랑했던 자리마다 폐허. 과연 그럴까요? 솔직히 말하자면 그렇습니다. 내가 사랑했던 자리마다 모두 폐허입니다. 그런데 말입니다. 그렇게 말하고 나니까 진짜 쓸쓸해졌습니다. 그래서 표현을 수정했습니다. 내가 사랑했던 자리가 모두 폐허였던 것은 아니라고. 그래도 쓸쓸함이 줄어들진 않았습니다. 무엇이 문제일까요? 지금 내가 사랑하고 있고 앞으로도 사랑할 자

리가 폐허로 남지는 않을까 하는 생각이 들었습니다. 누군가는 사랑하는 사람에게만 자신만의 폐허를 보여준다고도 했습니다. '내가 사랑했던 자리'라는 것이 반드시 '사람'만은 아닐 것입니다. 시인은 뼈아픈 후회라고 했지만, 사실 뼈아픈 후회는 나에게 남아 있지 않습니다. 그때 그 시간에는 언제나 그 시간을 살았고, 그 시간은 나에게 절실했고, 그래서 나의 발걸음으로 길을 걸었고, 내가 사랑했던 자리는 남았습니다. 그게 폐허로 남았을지라도 폐허 그 자체가 오히려 나에게는 소중했습니다.

어떤 모임에서 나누었던 대화의 한 자락.

"선생님처럼 앞서 걸어가는 사람들은 정말 위대해요."

"꼭 그렇지만은 않아요. 제가 앞서 걸어간다는 생각을 해본 적도 없지만, 세상에 드러난 사람들만, 앞서 걸어가는 사람들만 위대한 것은 아니에요. 언제나 자신의 자리를 지키며 살아가는 사람들이 더 위대하지요. 이른 아침부터 학생들 등교지도 하시는 선생님, 아침 청소 함께하시는 담임선생님, 수능점수를 1점이라도 높이기 위해 애쓰시는 교과 지도 선생님, 밤늦게까지 자율학습 지도를 하시는 선생님, 다 위대해요. 사실 그분들이 그 자리를 지키고 계시기 때문에 저 같은 사람이 이런 일을 할 수 있는 거지요."

"그건 맞아요. 하지만 그런 사람들이 세상을 바꾸진 못해요. 그걸 인정하는 것과 내가 선생님을 인정하는 것은 다른 범주에 속하지요."

돌아오면서 내내 울적했습니다. 스스로 사랑했던 모든 자리가 폐허라고 생각하는 사람이 그런 말을 들어도 되는 것일까요? 늘 그 자리에서 자신의 존재를 증명하고 계시는 수많은 선생님들께 죄송스러웠습니다. 교육청이 아무런 일도 하지 않았으면 좋겠다는 어느 선생님의 말씀에도 마음이 아팠습니다. '어디에서, 무엇을, 어떻게 해야 할까? 무엇을 변화시킨다는 것 자체가 실은 오만한 생각이 아닐까?' 하는 마음도 더욱 커졌습니다. 어쩌면 삶의 길 자체가 모두 생채기로 이루어진 것인지도 모릅니다. 그래도 나는 지금 걷고 있는 이 길을 포기할 수 없습니다. 비록 다시 폐허로 그칠지라도 나에게는 그 자체가 내 삶이기 때문입니다. 내가 걸음을 멈추면 함께 걷는 많은 사람들도 걸음을 멈출지 모른다는 두려움이 크기 때문입니다.

『나는 구름 위를 걷는다』를 읽었습니다. 〈맨 온 와이어〉라는 다큐멘터리 영화의 주인공인 필리프 프티가 쓴 책. 표지에 적힌 '불가능하다는 것을 안다. 그러나 나는 할 것이다'라는 말이 눈에 들어왔습니다. 자신은 세상에 부러울 것 하나 없는 사람이라는 필리프의 말이 부러웠습니다. 여전히 나는 부러운 사람이 많습니다. 아니, 대부분의 사람이 부럽습니다. 올려다본 하늘에는 구름이 한 점도 없었습니다. 어릴 때 두 건물이 서 있는 사진을 보고 그 사이를 줄을 묶고 걸어서 건너겠다는 꿈을 가진 필리프. 그리고 필리프의 그 꿈을 위해 모든 걸 아끼지 않았던 친구들. 꿈을 이룬 필리프보다도 더 뜨거운 눈물을 흘렸던 친구들. 책을 읽으면서 계속 가슴이 두근거렸던 나. 그리고 스스로 거듭 물었습니다.

'나는 지금 행복한가?'

늘 행복하다기보다는 지금 행복하다는 것이 진실인지도 모릅니다. 하루에도 수없이 달라지는 정책에 따라 분주한 지금의 내 삶이 행복합니다. 그것이 진실이라면 다시 물어봅니다.

'나는 타인의 꿈을 위해 눈물을 흘릴 수 있는가?'

물론 지금 이 순간에도 나는 스스로 답변할 수 있습니다.

'그것이 바로 내 꿈이다'라고.

접속과 횡단, 그리고 생산

외부와 접속하라(Connect), 경계를 횡단하라(Traverse), 차이를 생산하라(Becoming).

_고미숙, 『아무도 기획하지 않은 자유』 표지글

국어 선생님이라는 것이 내 꿈이었고, 국어 선생이 되었으니 난 이미 꿈을 이룬 셈입니다. 그럼에도 이따금 답답함을 느꼈습니다. 그 답답함의 근원은 쉽게 알 수 없는 것들이었습니다. 아이들보다는 내가 중심이었고, 그런 나를 이해하지 못하는 아이들에 대한 서운함이 내 속에서 자라났습니다.

'내가 걸어가는 만큼 아이들도 함께 걸으면 얼마나 좋을까?'

그런데 언제나 어긋났습니다. 내가 걸어가면 나보다 저만치 앞서서 걸어가는 아이들도 있었고, 그만큼 뒤처져 걸어오는 아이들도 있었습니다. 나보다 앞선 아이들은 따라가기가 버거웠고, 뒤처진 아이들은 이해하기가 어려웠습니다. 그러면서도 그 서운함은 아이들에 대한 나의 기대와 사랑이 큰 데서 비롯된 것이라고 스스로 위로했습니다.

보잘것없는 삶이었습니다. 달려가면 잡을 수 있을 듯한 꿈들이 많았습니다. 하지만 그 꿈들은 언제나 나보다 한 발짝 앞에서 달아나곤 했습니다. 내가 기어가면 걸어가고, 걸어가면 달려가고, 힘겹게 달려가면 날아가버렸습니다. 2005년, 내 삶의 길을 바꾼 책을 만났습니다. 고미숙의 『아무도 기획하지 않은 자유』라는 책. 이 책을 처음 만났을 때, 박지원의 『열하일기』를 읽고 멍하니 마음을 놓았던 대학 시절의 기억이 떠올랐습니다. 접속, 횡단, 그리고 생산. '나만의 공간에 집착하고 거기에 몰입하면 하나만 얻을 수 있다. 하지만 나를 묶고 있는 끈을 풀고 다른 삶, 다른 사유, 다른 가치를 찾아 끊임없이 이동하면 많은 것을 얻을 수 있다'는 진리가 거기에 담겨 있었습니다.

그날 이후, 나는 수없이 '접속하고, 횡단하고, 생산하기'를 반복했습니다. 강원도 어느 산골 학교에 근무하는 선생님이 특별한 교육 프로그램을 시행한다는 소식을 듣거나 전라도 어느 바닷가 초등학교에서 멋진 교육을 선보인다는 소식을 접하면 반드시 거기로 달려갔습니다. 심지어 서울 강남 대치동의 어느 유명한 학원에서 완벽한 논술 강의를 한다는 정보를 얻으면 대치동으로 가서 강의를 들었습니다. 세상에는 뛰어난 사람들이 정말 많았습니다. 나처럼 절망하거나 답답해하는 것이 아니라, 현실에 적극 대응하면서 방법을 찾아내는 사람들이 의외로 많았습니다. 그런 분들을 만나는 것은 행복이었습니다. 그렇게 접속한 새로운 세계는 언제나 나를 들뜨게 하였습니다.

물론 접속하는 사람 중에는 나와 생각이 다른 사람도 많았습니다. 생각이 다르다고 틀린 것은 아니지요. 오히려 나와 다른 생각은 내 생각의 부족한 부분을 채워주었고 잘못 걷는 발걸음을 바람직한 길로 인도하기도 했습니다. 모두가 같은 방향으로 걸어가는 길은 21세기의 시대정신이 아닙니다. 세계는 서로 다른 존재들이 만나고 헤어지면서 만들어가는 다양한 길의 집합입니다. 그것을 인식하는 것이 바로 횡단이었습니다. 횡단은 접속보다도 더욱 강렬했습니다. 내 존재의 의미만 중시하던 사고가 타인의 존재를 인식하는 단계로 전이되었고, 아이들을 아이들 그대로 이해할 수 있게 된 선물도 나에게 안겨주었습니다. 나보다 앞서 걸어가는 아이나 나보다 뒤처져 걸어오는 아이는 같은 존재가 아니라 다른 의미를 지닌 존재였습니다. 우열의 기준으로 나눌 수 있는 것이 아니라 서로 다른 존재일 뿐이었습니다. 그것이 내게는 엄청난 깨달음이었습니다. 그러한 접속과 횡단을 거쳐 만들어진 사고는 새로운 교육 프로그램을 마련할 수 있는 토대가 되었습니다. 같은 듯하지만 다른 길의 풍경을 인식하고 그것을 통해 새로운 무엇인가를 생산해나갔습니다.

세상은 온통 상처의 흔적으로 가득합니다. 어차피 우리 모두는 '지금, 여기'에 있는데 벌써 절망을 말하는 사람도 있습니다. 하지만 '지금, 여기'는 늘 진행중입니다. 그 희망과 절망을 확정하려는 열망은, 우리가 지금 어떤 '과정' 속에 있으며, 앞으로도 '과정 속의 존재'일 수밖에 없다는 사실을 부인하려는 태도, 더 정확히 말하자면 '과정을 빨리 끝내고 싶은' 피로감의 산물일지도 모른다고 누군가가 말했습니다. 여전히 내 사고와 지식은 보잘것없습니다. 하지만 앞으로도 계속 '접속'하고, '횡단'하고, '생산'하는 것으로 그 보잘것없음을 채워갈 것입니다.

사랑하는 아이들아

"얘야, 네 꿈이 뭐니?"

"……모르겠어요."

"그래도 하고 싶은 일이 있지 않겠니? 그걸 말해봐."

"하지만 시험점수가 낮으면 불가능한 걸요."

"저런……. 그래도 한 번쯤 현실을 벗어나려는 날갯짓을 해보면 어떨까?"

"그냥 남들처럼 평범한 길을 걷고 싶어요. 그런 도전은 장난이고 환상이에요. 그게 밥을 주는 건 아니잖아요."

"밥! 그건 정말 중요하지. 하지만 밥보다는 어떻게 지은 밥인지가 중요하지 않겠니?"

"하지만 현실은 슬프게도 밥 자체가 생각보다 중요하다는 거예요. 솔직히 말하면 저에겐 밥을 어떻게 구하느냐는 것보다는 충분한 밥을 준비하는 것이 중요해요. 다들 그렇게 살아가고 있으니까요."

"다들 그렇게 살아가고 있다는 말은 사실이 아닐 거야. 만약 그것이 사실이라면 세상은 무척 불안한 풍경으로만 이루어져 있을 테고. 먹이만을 위한 무한경쟁이 이루어지고 있는 세렝게티를 상상해봐."

"선생님, 현재 우리 사회의 풍경이 이미 세렝게티인 걸요. 경쟁에서 지면 낙오될 테고, 그러면 그걸로 끝이잖아요."

"다른 동물과는 다른, 무엇인가를 지닌 인간이라면 달라야 하지 않겠니?"

“선생님 말씀이 무슨 뜻인지는 알겠어요. 하지만 그런 마음을 지니고 미래를 설계하기에는 제가 너무 힘들어요. 내가 먹을 밥을 다른 이들이 다 차지하고 나면 난 굶어야 하잖아요.”

“그래. 난 네가 패배자가 되어야 한다고 말하진 않았어. 만약 승리자가 된다 하더라도 마음이 달라야 한다는 뜻이지. 너의 승리가 너만이 아니라 패배자가 된 다른 이들의 밥을 위해서도 의미를 지녀야 한다는 뜻이야.”

“무슨 말씀인지 모르겠어요. 좀 답답해요.”

“그래. 그럴 거야. 하지만 이것만은 알아주면 좋겠어. 우리가 지금 살아가는 이유가 반드시 밥을 위한 것만은 아니라는 걸 말이야. 그것을 우리는 꿈이라고 불러.”

“선생님, 그 꿈이라는 것이 참 모호해요. 밥이 없는 꿈이 어디 있겠어요?”

“물론 꿈은 밥도 제공하겠지. 문제는 밥 자체가 모든 것이 되어서는 안 된다는 거야. 그렇게 되면 세상에는 대립과 갈등밖에 없을 거야. 꿈은 대립과 갈등을 완화하고 더불어 살아가는 길을 만들어주는 거야. 그러니 그런 꿈을 가져야 하는 거고."

"그래도 모르겠어요. 밥과 관련되지 않은 직업은 없잖아요."

"직업은 밥을 주지. 그러니까 직업 자체가 꿈이 되어서는 안 된다는 거야. 그 직업을 통해서 내가 무엇을 하려고 하는지, 그것이 바로 꿈인 거야. 그 마음이 없으면 그 직업이 아무리 많은 밥을 준다 하더라도 불행한 거야."

"네. 조금은 알 것 같아요. 어쩌면 꿈이라는 것은 목적지가 아니라 목적지로 다가가는 과정이라는 느낌이 들어요. 방법이라는 생각도 들고요."

"그래. 꿈은 사랑이야. 내가 지닌 것을 타인과 함께 나눌 수 있는 배려와 나눔. 난 그것이 우리 교육의 본질이 되면 좋겠어. 단지 구호로만 그칠 것이 아니라 교육현장에서 그런 마음을 가르치고 배우는 그것 말이야. 경쟁 자체는 부정할 수 없는 현실이지만, 그런 경쟁의 궁극적인 목표도 사랑이 되었으면 해."

"네. 어차피 경쟁은 피하기 어려운 것이니까 어떻게 이기느냐는 것, 이기거나 진 다음에도 어떻게 대응해야 하느냐, 그것이 더 중요하겠네요.”

“그래. 거기에는 반드시 타인에 대한 이해와 배려가 있어야 해. 사랑한다면 그것이 바로 꿈이고 행복인 거야. 아직 너희는 완성된 인격체가 아니란다. 너희는 말 그대로 무한한 자유의 모습을 지녀야 해. 세상의 형상은 다양하고 그 다양한 형상을 만드는 것도 사실 너희와 같은 사람이니까. 당연히 너희의 본질은 자유로움 그 자체야. 제발 저멀리 날갯짓을 하는 그런 꿈을 가지렴.”

문득 길을 잃었다

복도는 길었고/ 나는 벽 앞에서 서 있었다./ 그 벽은 외로웠고,/ 외로움이 생각보다 훨씬/ 밑에 자리함을/ 손으로 짚어 알았을 때도/ 복도는 길었고/ 나는 여전히 외로운 벽 앞에/ 서 있었다./ (…) / 벽은 그래도 내 앞에 있고/ 나는 외로웠다/ 내가 생각보다 훨씬/ 밑에 자리함을/ 벽이 알아차리고/ 더 길어졌다.

_이응준, 「벽」(『나무들이 그 숲을 거부했다』) 부분

문득 길을 잃었습니다. 길이 길을 막고 벽이 되어 있었습니다. 버티기 어려워 뒤로 물러났습니다. 걷는 길마다 벽으로 가득했습니다. 언어의 벽, 거짓의 벽, 사람의 벽, 존재의 벽들로 가득했습니다. 하지만 나는 믿습니다. 벽은 막기 위해 존재하는

것이 아니라 꿈꾸기 위해 존재한다는 것을. 기어올라 넘거나, 부수어 문을 만들기 위해 존재한다는 것을.

걸어가야 할 길은 멀고, 나는 오랫동안 문 앞에 서성거리고 있었습니다. 문은 이미 문이 아니었습니다. 닫힌 문은 이미 벽이었습니다. 벽은 꿈쩍도 하지 않고 나를 향해 무거운 얼굴을 내밀고 있었고, 나는 형언할 수 없는 외로움에 사로잡혔습니다. 힘들게 지나온 길들이 길 위에서 흔들렸습니다. 소스라치게 놀란 내 의식은 길이 만든 길 위에서 목적지를 잃고 버둥거렸습니다. 다시 문을 향해 말을 걸었지만 문은 여전히 벽이 되어 응답이 없었습니다. 삶의 가장자리에 앉아 대답 없는 메아리만 되뇌고 있었습니다. 생각보다 훨씬 깊은 곳에서 외로움들이 모여 꿈틀거리고 있었습니다. 쓸쓸했습니다.

바람이 남긴 파편에 움츠리고 앉은 내 그림자가 흔들리면서 그 위에 바람이 불었습니다. 무언가를 말해야 하는데 내 언어는 항상 거기에서 멈춰 움직이지 않았습니다. 시작도 하지 못한 언어의 날개는 저만치에서 살랑거리다가 다시 지상으로 추락했습니다. 내 언어는 늘 추락하는 것이 일상입니다. 진실의 가장자리에서만 맴돌다가 머리카락만 만지작거리는 것이 내 언어의 본질입니다. 이미 내 언어는 언어의 모습을 상실한 셈이었습니다. 저만치에서 벽이 무표정하게 나를 비웃고 있었습니다. 그러고는 다시는 나에게 얼굴을 돌리지 않았습니다.

아름다운 교육은 늘 담장 너머에 있었습니다. 지난날 나는 맥을 놓고 담만 바라보았습니다. 별은 여전히 거기 있는데 나는 먹구름 가득한 하늘만 올려다보고 있었습니다. 그래도 막막하던 그때가 나에게는 가장 행복한 시간이었다는 것을 이제는 압니다. 분명 그 시간들은 아팠습니다. 무수한 매질로 수없이 상처 입은 내 안에는 슬픈 바람 소리만 깊었더랍니다. 언제나 내 욕망과 절망 사이에는 간극이 없었습니다. 내 욕망은 언제나 절망과 더불어 길을 걸었고 그만큼 내 삶은 한없이 곤고했습니다. 아무리 불러도 내 욕망은 대답하지 않았고 희망은 갈대처럼 흔들렸습니다. 그렇게 내 삶은 벽으로 둘러싸여 있었습니다. 시간이 그만큼이나 흘렀고 욕망과 절망 사이를 오가던 내 영혼은 갈 길을 잃고 흔들렸습니다. 하지만 결국 여기에서 살아갈 수밖에 없는 나를 끝끝내 버티게 해준 것은 바로 그 벽, 아름다운 교육에 대한 우리의 꿈이 준 견고한 사랑과 눈물이었다는 것을 이제는 마음으로 느끼고 있습니다.

무언가에 끊임없이 휘둘리고 살아가는 최근의 학교는 어지럽습니다. 언제, 어디서부터 잘못되었는지, 그 진실을 어리석은 내가 판단하기는 어렵습니다. 어쩔 수 없는 시대의 흐름이라고 치부하기에는 내 심란함이 힘겨웠습니다. 누가 뭐라고 해도 난 교사라는 직업이 좋습니다. 누구에게나 꿈은 있습니다. 구체화되지 못하고 마음 깊은 곳에서 그냥 꿈틀거리고 있을지라도 말입니다. 선생님은 아이들이 꿈을 찾아가고 그 꿈에 다가가는 걸 도와주는 존재입니다. 내가 이 세상에서 가장 행복하다고 믿는 사람은 바로 그런 사람입니다. 다른 사람의 꿈을 도와주는 그것이 바로 내 꿈이 되는 아름다운 풍경. 선생님은 바로 그렇게 아름다운 풍경을 그리는 사람입니다. 항상 무언가가 부족하여 부끄럽기만 한 내 자화상이지만 그래도 선생님이라는 이름으로 언제나 행복하고, 내가 마음으로 그린 풍경에, 그 아름다운 풍경에 빠지고 싶은 것이 내 진심입니다. 아직은 벽을 앞에 둔 마음처럼 힘들지만 선생님들도, 아이들도 모두 행복한 그런 시간이 빨리 오면 좋겠습니다.

다른 사람의 배경이 되는 풍경

그래, 나는 경계를 가지고 논다 그것이 나를 지켜주고 있다 경계는 이어진 곳이 아니라, 넘어가는 다리가 아니라 나를 지켜주고 있는 극단이다 극단이다 이별이 허락하는 극단의 내 집이다 극단의 약이다 극약이다 부드러운 극약이다 나는 이 극약을 먹으며 논다 맛있는 슬픔, 오래되다보니 그렇게 되었다 그래서 내가 있고 네가 있다

_정진규, 「이별 1」(『알시』) 전문

사랑, 어쩌면 매우 아름다워서 오히려 찰나일 것만 같은 그 위력 앞에서 인간은 너무나 작아지고 사랑은 언제나 위험합니다. 시간도 사람도 사랑을 지켜주지 못합니다. 이 세상에서 변하지 않는 유일한 진실은 변한다는 사실입니다. 그래서 나는 오

래전부터 이별을 익혀왔습니다. 그리움이 간절해지면 언제나 그 경계에서 머물고 경계에서 놀았습니다. 경계를 넘어서면 다시 돌아올 수가 없기에 절대 경계를 넘지 않았지요. 나와 너 사이에서는 늘 그리움이 바람에 흔들렸습니다.

내 그리움은 늘 위독했습니다. 언제 끊어질지 모르는 기억의 두께가 자꾸 얇아지기만 했습니다. 기억이란 건 아무래도 이상했습니다. 거기에 실제로 내가 있었을 때 나는 그런 풍경에 거의 관심을 기울이지 않았습니다. 특별히 인상적인 풍경이라는 느낌도 없었고, 더구나 오랜 시간이 흐른 후에 그 풍경을 선명하게 기억하리라고는 상상조차 못했습니다. 솔직하게 말해서 그때 나에게 그런 풍경 같은 건 아무래도 좋았던 것이지요. 나는 나 자신에 대해 생각했으며, 그때 내 곁에서 나란히 걷고 있던 출렁이는 바닷물에 대해 생각했습니다. 그리고 다시 나 자신에 대해 생각했습니다. 그때는 무엇을 보든, 무엇을 느끼든, 무엇을 생각하든, 결국 모든 것은 부메랑처럼 자신에게 되돌아오는 그런 나이였던 것입니다. 사람은 멀어지고 사랑은 떠나가고 시간은 몹시도 흘렀습니다. 그런데 신기한 건 모든 것이 사라지는데도 풍경은 남았다는 것입니다. 그렇습니다. 변하지 않는 풍경이 바로 기억의 본질입니다. 여전히 잠들지 못하고 민박집 창문으로 들려오는 파도 소리와 같은 풍경. 그만큼 내 그리움은 위독했습니다.

어긋난 길은 서로 지울 수 있으면 하지만, 외길로 걸어간 마음을 지우기는 더더욱 쉽지 않았습니다. 언제나 이미 달려간 마음은 건잡을 수 없는 신열로 긴 시간 동안 몸부림쳤습니다. 그렇습니다.

'잘못 간 서로의 길은 서로가 지울 수 있도록 연필로 쓰기.'

하지만 불쑥불쑥 솟아나는 기억 앞에 나는 속수무책이었습니다. 기억은 제 스스로 뿌리를 내리고 바람이 불 때마다 흔들렸습니다. 가고 싶을 때 걸어가지 못하는 건 너무나 안타까운 일입니다. 그리하여 자꾸만 내 다리는 자꾸만 진흙 속으로 빠져들어갔습니다. 사실 나는 이미 알고 있었습니다. 비록 연필로 쓴 사랑이라 할지라도 지우개로 지울 수 있는 사랑은 없다는 걸.

존재했던 것은 영원히 사라지지 않습니다. 그것은 거기에 있고 이것은 여기에 있습니다. 그럴 때 그것과 이것은 의미를 지닙니다. 아무리 지우려 애를 써도 선명한 무엇이 존재한다는 건 슬픈 일입니다. 내가 걸으면 내 발 아래에는 땅이 존재합니다. 그게 없으면 나도 여기에 서 있지 못한다는 것. 나이가 들면서 지금 눈에 보이는 무엇이 아니라 그 너머에 존재하는 자명한 무엇인가가 자꾸만 보여서 드러나는 현재를 무조건 받아들이지 못하는 것이 안타깝습니다. 이면이 보인다고 하더라도 내가 할 수 있는 일은 제한되어 있는데, 보이는 자명한 것들로 인해 내가 자주 아픕니다. 요즘은 그런 생각을 많이 합니다. 이 세상에서 가장 아름다운 풍경은 다른 사람의 배경이 되어주는 풍경이라는 생각. 비록 초라하지만 별을 빛나게 하는 어두운 하늘 같은 존재. 그것만을 자명함으로 채우고 싶은 것이 지금 내 욕망의 속살입니다. 내 욕망은 진정한 욕망이 되지 못하고 욕망의 언저리만 맴돌고 있습니다. 삶의 길이 던지는 수많은 물음표와 느낌표가 하늘로부터 쏟아집니다. 갑자기 하늘 한켠이 검은빛으로 무거워지고 있습니다. 그렇습니다. 이제 머지않아 장마입니다.

꽃을 보세요, 하늘을 보세요, 바람을 느껴요

울지 말고 이 꽃을 봐라, 그리고 저 바위도. 산다는 것에 의미 따위는 소용없어. 장미는 장미답게 피려고 하고, 바위는 언제까지나 바위답겠다고 저렇게 버티고 있지 않니. 그저 성실하게, 충실하게 하루하루를 열심히 살아가는 게 제일이야. 그러다보면 자연히 삶의 보람도 기쁨도 느끼게 되는 거야. 너무 그렇게 절망할 필요는 없어. 이제 또다른 꿈이 너를 기다리고 있을 거야.

_정호승, 『울지 말고 꽃을 보라』에서

사람들을 만났습니다. 사람들의 소리를 들었습니다. 기쁨도 들었고 슬픔도 들었고 아쉬움도 들었고 애달픔도 들었고 한숨도 들었고 상처도 들었고 꿈도 들었습니다. 목소리가 아닌 소리만 듣기도 했습니다. 목소리는 말이고, 소리는 신음입니다. 말은 들렸지만, 소리는 보이기만 했습니다. 누군가를 의도적으로 선택해서 만나기보다 우연한 만남을 만들었습니다. 그래야 더 진솔한 마음을 만날 수 있으리라 생각했습니다.

모두가 다른 시간과 공간을 살아가고 있음에도 불구하고 신기한 건 현재 자신의 시간과 공간에 대해서 만족하는 사람은 별로 보이지 않는다는 사실입니다. 사실, 애초에 사람들을 만나고 싶었던 이유는 행복한 사람들을 만나고 싶어서였습니다. 그래도 삶만큼 위대한 것은 없다는 것을 사람들을 통해 확인하고 싶었습니다. 삶이 만들어가는 풍경 속에서 하루를 행복하게 사는 사람들의 마음을 듣고 싶었습니다. 그 풍경을 통해 현재의 나를 반성하고 미래의 나를 설계하고 싶었습니다. 그런데 행복하다는 소리를 듣기가 쉽지는 않았습니다. 대부분 삶이 힘들고 무거워서 행복하지 않다는 답변만 들리는 현실이 가슴 아팠습니다. 겉으로는 아무런 문제가 없어 보이는 사람도 속으로는 아팠습니다. 아파 보이는 사람은 더 아팠습니다. 가난한 사람도 아팠고, 부유한 사람도 아팠습니다. 아파 보이는 사람은 아파서 아팠고, 아프지 않은 사람은 아플까봐 아팠습니다. 가난한 사람은 가난해서 아팠고, 부유한 사람은 가난해질까봐 아팠습니다.

지금 우리는 왜 사는 것이 아프다고 아우성치는 것일까요? 파란 하늘과 하얀 민들레가 저리도 예쁜데 우리는 왜 행복하지 않을까요? 역사상 가장 풍요로운 시대를 살아간다고 하는데 왜 우리의 영혼은 언제나 부족하다고 느끼는 것일까요? 긍정심리학이 이렇게 대한민국의 서점을 채우고 있는데 왜 우린 긍정적이지 않을까요? 모든 것을 긍정적으로 생각하고 싶은데 왜 우린 지금 불안한 것일까요? 아픔을 위로하는 치유의 멘토들이 세상을 가득 채우고 그 멘토들이 쓴 책이 서점에 넘쳐나는데도 왜 우린 여전히 위로받지 못할까요? 사람들을 만나 그 이유를 듣고 싶었습니다. 불안하고 아픈 것이 현재의 풍경인데 그들에게 그런 풍경이 만들어지는 이유를 듣기는 쉽지 않았습니다. 대부분 이유도 모르고 현재의 시간과 공간을 견디고 있었습니다. 말하고 나니 딱 맞는 표현입니다. 견디고 있다는 말. 그렇습니다. 그들은 견디고 있었습니다. 외로움을 견디고 있었습니다. 수많은 사람들과 더불어 살아가면서도 그들은 대부분 외로움으로 인해 아팠습니다. 지금 더불어 살고 있는 사람들이 진정 '곁'은 아니었던 셈입니다. 자본이거나, 이익이거나, 조건이거나, 적이거나, 경쟁자이거나, 아픔이거나, 고통이거나. 그랬던 것입니다. 함께 울어주고, 함께 걸어가고, 나란히 손잡아줄 진정한 '곁'이 필요한데 그런 존재가 그들에겐 없었습니다.

그렇습니다. 지금 우리에게 간절히 필요한 것은 바로 '곁'입니다. 살아가는 모습 자체를 의미 있는 삶으로 인정해주며 묵묵히 옆에 있는 그런 존재가 '곁'입니다. 미꾸라지가 용이 되기는 쉽지 않은 시대라고 합니다. 하지만 모든 미꾸라지가 용이 된다면 생태계는 완전히 끝장나겠지요. 미꾸라지에게 용이 되기를 강요하지 않는 사회, 미꾸라지로 살아도 행복한 사회, 그건 미꾸라지로 살아도 행복한 시선으로 바라봐주는 '곁'이 존재할 때 가능한 사회입니다. 꽃을 보세요. 하늘을 보세요. 바람을 느껴요. 꽃이 없으면 하늘로, 하늘이 어두우면 바람으로, 바로 이 우주가 당신의 '곁'입니다. 당신 '곁'에 있습니다.

2부

나에게 쓰는 편지

그리움의 방향

한때 젖은 구두 벗어 해에게 보여주곤 했을 때/ 어둠에도 매워지는 푸른 고추밭 같은 심정으로/ 아무데서나 길을 내려서곤 하였다/ 떠나가고 나면 언제나 암호로 남아 버리던 사랑을/ 이름 부르면 입안 가득 굵은 모래가 씹혔다

_이문재, 「길에 관한 독서」(『내 젖은 구두를 벗어 해에게 보여줄 때』) 부분

사실 부치지 않은 편지보다는 부치지 못한 편지가 훨씬 많습니다. 아픈 사람들에게 보내려 했던 위로의 마음은 쉽게 글로 써지지 않을 때가 많았습니다. 부치지 못한 편지는 내 안의 상처로 남아 때때로 나를 힘들게 했습니다. 삶이란 그렇습니다. 짧은 만남과 긴 이별은 삶에서 주어지는 본질적인 길의 흔한 모

습입니다. 길은 막다른 골목에서 끝이 났고 그리운 이름은 쉬이 말이 되지 않았습니다.

아무리 바빠도 이번 휴가 때는 쉬자는 심정으로 서해로 길을 떠났습니다. 부치지 못한 편지처럼 나를 힘들게 하던 마음의 무게도 덜어내고 싶었습니다. 여행은 늘 그리움도 외로움도 덧없이 노곤하게 만들었습니다. 포구에서 끊어진 길을 싣고 섬으로 들어섰습니다. 해진 옷에는 사람의 소금기가 엉기고 덧없이 흘러간 시간이 덩그러니 거기에 묻어 있었습니다. 지난 시간이 불현듯 떠올랐습니다. 아이들과 함께 책을 만들고 그것이 꿈으로 자라던 그 시간이 그리웠습니다. 그리움에도 유전자가 존재할까요? 그리움이라는 세포를 분석하면 그리움의 게놈 지도를 찾을 수 있을까요? 그럴 수 있다면 이미 그리움이 아닐 터. 그리움은 분석할 수 없는 마음입니다. 나비를 보고 살금살금 다가가 손을 내밀지만 바로 날아가버릴 때의 작은 안타까움, 허무함, 분노, 슬픔. 그리움은 그 모든 것이 뒤섞인 마음입니다. 아이들과 함께 보냈던 시간들은 누가 뭐래도 나에게는 그리움입니다. 그것을 버리고 어렵게 택한 지금의 길. 하지만 문은 굳게 닫혀 있고 다시 펴보는 지도에는 아무런 표시가 없을 때가 많았습니다. '이제 어디로 길을 걸어야 하나?' 하는 마음으로 어지러울 때가 많았습니다.

오히려 못 가본 길이 더 아름다웠습니다. 하지만 가지 않은 길을 그리워할 필요는 없는 것이겠지요. 내가 걷지 않았다면 그건 길이 아니었던 것입니다. 그러면 지금 내가 걷고 있는 길이 옳은 길일까요? 잘 걸어가고 있기는 한 걸까요? 여행에서 만난 오랜 후배가 그랬습니다.

"처음에는 다들 그렇지요. 교육의 본질에 대해 고민하더라고요. 하지만 솔직히 선배가 앞으로도 지금과 같을 거라는 믿음은 없어요. 정책을 기획하는 사람들은 대체로 그렇게 변해가더라고요. 과정보다는 결과를, 내용보다는 형식을, 목적보다는 수단에 집착하더라고요. 가장 무서운 진실은 자신이 그렇게 변했다는 사실을 정작 자신은 모르고 있다는 것이에요. 선배는 제발 그러지 않기를 바라요."

후배의 말이 잔잔하게 내 속으로 들어왔습니다. 슬프게 편집된 창밖의 풍경이 불현듯 어둠 속에서 고요했습니다.
'그래도 때가 되면 모든 것은 제 길을 찾아 흐른다'고 누군가가 말했습니다. 위로하는 말인데도 마음이 아팠습니다. 내가 걷는 길에 둑을 쌓아 담을 만들거나 철조망으로 경계선을 만든다고 해도 오히려 그런 장애가 담 너머의 길에 대한 그리움을 더 강하게 키울 뿐입니다. 내 그리움의 방향은 여전히 아이들과 학교입니다. 내가 정책을 기획하고 집행한다고 하더라도 그 모든 길은 내 그리움의 대상으로 향할 수밖에 없습니다. 그것이 내 존재 이유이기 때문입니다. 물론 그러한 나의 그리움은 후배의 말처럼 영원하지 않을지도 모릅니다. 제법 많은 시간을 살아오면서 깨달은 것이 있습니다. 사실이든, 진실이든, 그 무엇이든 함부로 언어를 사용해서는 안 된다는 것. 모든 기억은 내 편의대로 조작될 수 있다는 것. 그래서 결국은 내 상처로 남는다는 것. 그럼에도 변하지 않는 진실 하나는 간직하고 싶습니다. 아이들의 행복을 위해 앞으로도 무언가를 해야 한다는 것. 그 마음이 영원했으면 하는 바람. 비가 다녀가고 나서 후텁지근한 바람이 불어오는 창가에 우두커니 서서 내가 가야 할 길을 가늠해 봅니다.

삶을 견디는 방법

자기 자신을 인정하고, 내면에 꿈틀거리는 욕망을 잘 다독이며, 자신만의 공간을 지키고, 깊은 내면을 이웃과 나누다보면, 나도 모르는 새 주변에는 같은 길을 걷는 친구들이 하나씩 늘어납니다. 비슷한 고민을 안고 살아가는 평범한 시민, 혼자서도 행복할 줄 아는 개인, 사냥꾼의 광기 속에서 남을 지켜주려는 따뜻한 이웃, 말을 많이 하지 않아도 서로의 속마음을 읽을 수 있는 동지들이죠. 그런 개인들과 아주 작은 연대가 싹트고 나면, 이 험한 정글 속의 삶도 훨씬 견딜 만합니다.

_김두식, 『욕망해도 괜찮아』에서

문득 내가 잘못 살고 있다는 느낌으로 잠을 이루지 못할 때

가 있습니다. '잠자는 일만큼 쉬운 일도 없는데 그 일도 제대로 할 수 없어 두 눈을 멀뚱멀뚱 뜨고 있는 밤 1시와 2시의 틈 사이로, 밤 1시와 2시의 空想의 틈 사이로, 문득 내가 잘못 살고 있다'(오규원의 시 「문득 잘못 살고 있다는 느낌이」에서)는 느낌이 들었습니다. 그러면 잘 사는 것은 무엇일까요? 당연히 잠을 자야 하는 시간에 자는 것이 잘 사는 것이겠지요. 주어진 틀은 틈을 만들지 않습니다. 틀대로 살아가면 내가 편합니다. 틀을 존중하고 그 틀에서 벗어난 존재들을 보지 않으면 그만인 것이지요. 새벽 1시와 2시 사이에 잠을 이루지 못하는 수많은 사람들이 있지만, 그런 사실을 무시하면 잘 사는 것입니다. 그런데 과연 그럴까요? 그것이 진정 잘 사는 것일까요? 그렇습니다. 그것이 소위 잘못 사는 것이라면 그럴 땐 차라리 잘못 사는 것도 하나의 방법입니다. 새벽 1시와 2시의 틈 사이에 모두가 잠들었을 때 깨어 고민하는 삶, 그것이 어쩌면 진정으로 의미 있는 삶일 수도 있습니다.

그 시간에 잠든 사람이든, 깨어 있는 사람이든 그들을 만나러 다녔지만 알고 보면 내 안의 나를 만나는 길이기도 했습니다. 사람들을 통해 내 안의 나를 만날 때 무척 힘들기도 했습니다. 내 지난날의 부끄러운 모습들과 지금의 힘든 풍경들과 앞으로의 고단한 삶이 거기에 숨쉬고 있었기 때문입니다. '너는 지금 어떤 삶을 살고 있느냐?' 하는 목소리 말입니다. 나의 목소리든, 남들의 목소리든 대답보다는 질문으로 가득했습니다. 자신이 위치한 좌표 속에서 질문의 내용은 이질적이었습니다. 같은 상황을 바라보는 시선의 각도도 달랐습니다. 세대에 따라 세상을 바라보는 풍경도 달랐습니다. 내가 대답할 수 있는 질문도 있었지만 내가 대답할 수 없는 것들도 많았습니다. 질문의 구체적인 내용은 어쩌면 크게, 또는 조금씩 달랐지만 대부분 그들은 묻고 있었습니다. '와아? 와? 와 그라는데?'라구요. 정말 '와 그랄까요?' 왜 그러는지에 대한 질문의 대상은 자신일 수도 있고 타인일 수도 있고 사회일 수도 있고 국가일 수도 있고 세계일 수도 있습니다. 분명 무언가가 이해하기 어려운 상황으로 나아가고 있다는 의문 말입니다. 그렇게까지 하지 않아도 분명 괜찮을 텐데 그렇게 하는 것을 지켜보는 곤혹스러움? 바라는 것은 사소한 행복인데 왜 그것도 용납하지 않을까 하는 원망스러움? 천천히 걸어가도 되는데 자꾸만 달려나가기를 요구하는 세상에 대한 답답함? 충분히 견디고 있는데 더 견디라고 요구하는 시대에 대한 억울함? 몰라도 살아가는 데 지장이 없을 텐데 앎을 강요하거나 알고 싶은데 모르고 사는 것이 옳다고 말하는 억지스러움? 타인들은 모두가 행복하게 살고 있는데 나만 이렇게 힘들게 살아간다는 슬픔? 이런 마음들이 '와 그라는데?'라는 표현에 담겨 있었습니다.

그래도 내가 삶을 견디는 방법이 있습니다. 먼저 내 자신 안에서 꿈틀거리는 욕망을 다독이며, 함께 걸어갈 친구들을 만드는 것입니다. 힘들 땐 투정하고, 기쁠 땐 그것을 나누기도 하고, 슬플 땐 함께 울어주기도 하는 친구 말입니다. 그것만 있어도 삶은 충분히 견딜 수 있을 겁니다. 지금 한번 옆을 보세요. 친구가 되어 함께 걸어갈 사람이 분명히 곁에서 당신을 지켜보고 있을 겁니다.

나는 언제나 남세스럽다

나에게, 풍경은 상처를 경유해서만 해석되고 인지된다. 내 초로初老의 가을에, 상처라는 말은 남세스럽다. 그것을 모르지 않거니와, 내 영세한 필경筆耕은 그 남세스러움을 무릅쓰고 있다.

_김훈, 『풍경과 상처』에서

오늘 하루가 어제와 다르지 않고, 내일이 오늘과 다르지 않을 것이라는 막막함 때문에 잠시나마 익숙한 공간을 벗어나고 싶었습니다. 주변 사람들도 며칠 쉬었다 오라고 권했습니다. 그래서 어느 날 훌쩍 떠났던 2박3일의 서울 연수. 무조건 쉬겠다는 생각에 어떤 개인적 일정도 잡지 않았습니다. 익숙한 여관방에서 몸을 편하게 두고 싶었습니다. 서울역에 도착하면 반드시 들르는 곳이 있습니다. 지하철 타러 가는 길에 만나는 ○○서점. 시간적 여유가 조금이라도 있으면 반드시 들르는 곳입니다. 내 눈에 드는 책 한 권. 김훈의 『풍경과 상처』. 물론 나는 오래전에 이 책을 읽었을 것입니다. 아니, 분명 읽었습니다. 하지만 그 책은 이미 그 책이 아니었습니다. 같은 책이지만 다른 책이었습니다. 그 까닭은 그 시간과 이 시간, 책을 읽는 내가 달라졌기 때문일 것입니다. 김훈은 그것을 '남세스럽다'는 단어의 의미를 빌려 표현했지만 어리석은 나는 그 '남세스러움'을 사랑합니다. 이 글을 쓸 무렵의 김훈만큼이나 나이를 먹었지만 나는 남세스러움이 부끄럽지만은 않습니다. 남세스러움이 오히려 내 진실한 삶의 풍경입니다.

연수 받는 사흘 내내 비가 내렸습니다. 소리로 달려오는 빗소리는 상처가 곪아터지는 소리였습니다. 풍경이 만드는 소리는 사람의 소리를 집어삼킵니다. 그래도 시간은 속수무책이었습니다. 아무런 방해 없이 혼자라는 시간 속에서 견디고 싶었습니다. 묘하게도 외로웠습니다. 솔직하게 말하면 난 그 시간에 돌멩이라도 있었으면 사랑했을 것입니다. 견딘다는 것은 현재 외롭다는 것과 같은 말입니다. '쉼'이라는 낱말로 버려둔 내 일상의 시간들이 그리웠습니다. 정말 그랬습니다. 나는 삼인칭으로 건너가지 못하고 여전히 일인칭의 가장자리에서 맴돌고 있었습니다. 아니, 나는 영원히 일인칭의 가장자리에서 살아갈지도 모릅니다. 달리 표현하면 남세스럽게 살아갈지도 모릅니다. 아마도 속수무책으로 흘러가는 시간 앞에서 나는 앞으로도 무력할 것입니다.

나는 늘 내 삶이 남세스럽습니다. 내 삶은 풍경 안에도, 풍경 바깥에도 상처의 흔적들로 가득합니다. 내가 걸었던 길의 언저리는 언제나 내가 내려놓은 흉터들로 아픕니다. 그것을 그것대로, 풍경은 풍경대로 내려두면 좋을 텐데 추억을 좋아하는 사람들은 쉽게 풍경으로 내버려두지 않습니다. 그럴 때 그 풍경은 내 생애에서 가장 불우한 풍경이 되곤 합니다. 하지만 나는 지나간 시간들에 어떤 미련도 부끄러움도 없습니다. 풍경은 풍경으로만 존재할 뿐입니다. 이렇듯 내 삶의 남세스러움은 지금도 계속되고 있습니다. 그것을 알고 있다는 사실이 중요하며, 그럼에도 나는 오늘 하루도 열심히 살아갈 것입니다.

'끔찍한 공백……'이라는 단순한 문장을 읽었습니다. 거기에 한참 동안 머물렀습니다. 공백이란 단어가 공백으로 다가왔습니다. 시간이 흐르면서 몸이 시간을 증명합니다. 이제 조금씩 내 몸의 세포가 늙어가고 있나봅니다. 전보다 자주 지치고, 힘에 부칩니다. 매번 몸이 내게 말을 건넵니다. 말과 몸은 하나입니다. 하지만 그것도 알고 보면 하나의 풍경일 뿐입니다. 그 일상적인 풍경을 통해 나는 여전히 세상과 소통하고 나와 소통합니다. 내 나름으로 절박하지만 그 절박함이 오히려 사소합니다.

그렇습니다. 요즘 나는 언제나 스스로 미달입니다. 어디엔가 닿고 싶지만 닿을 수 없는 무력감으로 인해 늘 미달입니다. 닿을 수 없는 대상들은 언제나 그리움을 만들고 절실함을 만듭니다. 닿을 수 없는 대상은 역설적으로 거기에 닿는 마음을 창조합니다. 여전히 풍경은 거기에서 풍경입니다.

차이와 반복

습지가 포근한 언덕이 되는 이유

깍지로 오그라들어야 꽃이 되는 이유

너, 아느냐?

_문경, 「그것들과의 차이」(『문학과 창작』 2008년 겨울호) 부분

목련이 꽃을 피웠습니다. 목련꽃 그늘 아래에서 문경의 시를 읽었습니다. 문득 그런 생각을 했습니다. 사실 달라지는 것은 별로 없다는 것. 그게 언제나 답답했습니다. 나는 언제나 나였고, 그는 언제나 그였고, 그녀는 언제나 그녀였다는 것. 이것은 언제나 여기에 있고, 그것은 언제나 거기에 있었습니다. 삶은

끊임없이 반복되는 무엇이라는 것. 본질이 여기에 있고, 본질이 현상을 지배하고 있는 한 달라지는 것을 발견하기는 쉽지 않다는 것. 사람도 그렇고, 자연 현상도 그렇고, 사회 현상도 그렇습니다. 인간이 신이 될 수 없는 것처럼, 개별적인 인간에게 코페르니쿠스적인 사고의 전환은 일어나지 않습니다. 세포가 수없이 자기분열을 하면서 영역을 넓혀가더라도 결국은 세포가 지닌 본질적 의미가 달라지진 않습니다. 지금 여기에, 어제 거기의 사람들이 존재하는 한 대립과 갈등이 같은 모습으로 무한 반복되는 것은 당연합니다. 공장의 굴뚝을 세우던 사람들이 여전히 강의 바닥을 파고 있습니다. 반복되는 지속성이 아름다워 보일 수도 있습니다. 하지만 그것은 그것을 누리는 사람들의 몫에 불과합니다. 그런 것들이 언제나 나에게 쓸쓸함을 주었습니다. 그러면 영원히 달라질 수는 없는 것일까요? 과연 단순한 반복일 뿐일까요?

'너, 아느냐?'

신기하게도 그 질문에 대한 답을 찾기 위해 오래 머물렀습니다. 바로 그 지점에서 '차이'라는 의미 공간이 나타납니다. '모름'은 무조건적인 과거 사실의 경도傾倒에 그치는 경우가 많습니다. '앎'에서 변화가 시작됩니다. 사실, 스스로 앉은 집의 자리를 바꿀 수는 없지만 집을 둘러싼 풍경들은 곳곳에서 차이를 만듭니다. 같은 현상이 반복되지만 이미 그 현상은 같은 시간과 공간에서 일어난 것이 아니기 때문입니다. 시간과 공간은 반복되는 풍경을 변화시킵니다. 그것이 바로 차이입니다. 같은 모습으로 대립과 갈등이 나타나지만 그 내면적 풍경에는 차이가 있습니다. 인간의 변화, 자연의 변화, 사회의 변화는 바로 그 차이에서 일어납니다. 그 차이에 민감하게 반응해야 합니다. 단지 반복만 이루어진다고 생각하면 변화는 일어나지 않습니다. 반복 속에서 차이를 찾아야 합니다. 그리고 그 차이를 존중해야 합니다. 차이는 눈에 보이지 않을 수도 있습니다. 진정한 변화는 바로 그 눈에 보이지 않는 차이를 찾아낼 때 이루어집니다. 나와 나, 나와 그, 나와 그녀의 현재 조건들도 그것을 통해 변화시킬 수 있습니다. 나아가 그 차이를 통해 내가 달라져야 합니다.

사회의 변화, 나아가 역사의 발전은 그렇게 이루어집니다. 반복 속에서 발견한 차이에 미래를 위한 열쇠가 존재합니다. 차이는 대상에 대한 무조건적인 몰입, '열심熱心'이라는 정서 속에 있으면 발견하기 어렵습니다. 오히려 대상에 대한 거리두기, '냉정冷情'에서 찾을 수 있습니다. 내가 시간과 공간을 거리를 두고 지켜보는 거기에서 차이를 발견할 수 있습니다.

'그 사람은 절대 변하지 않아. 그걸 기대하고 기다리는 네가 바보인 거야. 아이들도 변화시키기 어려운데 오십이 넘은 사람에게 그런 걸 기대해선 안 돼. 오히려 무관심하다면 그걸로 충분한 거야.'

누군가가 이렇게 말합니다. 그렇게 생각하고 싶진 않지만 그 말이 어쩔 수 없는 사실이라는 점이 한없이 씁쓸했습니다.

봄과 함께 새 학기가 시작되었습니다. 개인적으로도 반드시 반복 속에서 차이를 찾는 그런 시간이었으면 합니다. 그래서 나와 나를 둘러싼 시간과 공간이 '나'만이 아닌 '우리'가 꿈꾸는 모습으로 변했으면 합니다. '열심히 하겠습니다'라는 말보다는 '냉정하게 현재를 살피겠습니다'라는 말이 필요한 시대입니다. 모두가 앞으로만, 위로만 달려가는 일방통행으로는 시대의 아픔을 치유할 수가 없습니다. 이 글을 쓰고 있는 시간에 목련이 활짝 꽃잎을 열었습니다.

희미한 옛사랑의 그림자

돌돌 말은 달력을 소중하게 옆에 끼고/ 오랜 방황 끝에 되돌아온 곳/ 우리의 옛사랑이 피 흘린 곳에/ 낯선 건물들 수상하게 들어섰고/ 플라타너스 가로수들은 여전히 제자리에 서서/ 아직도 남아 있는 몇 개의 마른잎 흔들며 우리의 고개를 떨구게 했다/ 부끄럽지 않은가/ 부끄럽지 않은가

_김광규, 「희미한 옛사랑의 그림자」(『신동아』 제212호) 부분

지난 4월, 희미한 옛사랑의 그림자를 밟기 위해 모교를 방문했습니다. 대학 도서관 모퉁이에 피어났던 모란이 보고 싶었다는 것이 숨은 사연이지요. 포장되지 않은 도로, 막걸리 냄새로 가득했던 식당, 대강당 앞 민주광장. 모두가 나에게는 실존

적 장소입니다. 최루탄 냄새로 가득했던 과거의 흔적들은 매끈하게 지워지고 '~플라자'라는 이름을 지닌 멋진 건물이 그 자리를 메우고 있었습니다. 벤치에 앉아 있는 여학생에게 물었습니다. 2학년이라고 했습니다. 지금 가장 관심을 두는 것이 무엇이냐고. 대답이 절묘했습니다. 약속한 남자친구가 아직 오지 않는 것이라고 웃으면서 대답했습니다. 여기가 민주광장이었다는 건 아느냐고 물었습니다. 선배들에게 들은 것 같다면서 눈길은 남자친구가 올 방향으로 향하고 있었습니다. 아쉬움에 다시 물었습니다. 지금 힘든 일은 무엇이며, 장차 무엇을 할 예정이냐고. 학점을 잘 따는 것? 취업하는 것? 돈 많이 벌어서 해외여행 다니고 싶다고 대답했습니다. 그러고는 남자친구가 나타났는지 급하게 달려갔습니다.

그랬습니다. 민주광장이 이 학생들에게는 현재적인 의미도 없을뿐더러 추억이 되지도 못하는 거로구나 하는 생각이 들었습니다. 추억이 현실에서는 그리 힘이 되지 못한다는 것, 우리가 40대는 되어서야 깨달은 지독한 현실을 그들은 20대에 이미 체득하고 있었습니다. 민주주의니, 통일이니 하는 거대담론은 그들의 삶에는 존재하지 않았습니다. 그들은 충분히 민주적인 삶을 살아가고 있었고, 그 삶을 즐기고 있었습니다. 겉으로는 그들에게서 '88만원 세대'라는 슬픈 얼굴은 발견할 수 없었습니다.

발길을 돌려 도서관으로 갔습니다. 여전히 도서관은 만원이었습니다. 공부 열기로 가득했습니다. 민주광장에서 느꼈던 자유로움과는 풍경이 달랐습니다. 사실 80년대도 그랬습니다. 밖은 최루탄 냄새로 가득한데도 도서관에서 열심히 공부하는 학생들도 많았습니다. 그것이 민주주의 사회가 지닌 두 얼굴이기도 한 것이지요. 하지만 당시에는 밖에 있는 사람이든, 도서관에 있는 사람이든 시대에 대한 인식과 고민은 비슷했습니다. 시대를 아파했고, 미래를 고민했습니다. 최소한 거대담론이 지배하던 시대였으니까요. 거대담론이 사라진 대학은 말 그대로 자유로웠습니다. 정기간행물실에서 신문을 보고 있는 학생을 만났습니다. 4학년이라고 했습니다. 비슷한 질문을 했습니다. 지금 가장 고민되는 것은 취업이라고 했습니다. 지금 힘든 것도 취업이고 최소한의 삶을 보장할 수 있는 직장에 들어가서 사람노릇을 하고 싶다는 것이 그의 비전이었습니다. 그런데 그게 쉽지 않다는 말도 했습니다. 소위 '88만원 세대'의 전형적인 얼굴이 거기에 있었습니다. 조금 전 만났던 여학생 이야기를 했습니다. 당신처럼 크게 고민하지는 않더라는 말에 피식 웃었습니다. 자신도 그랬다고. 하지만 그 학생이 어리석다는 생각은 하지 않는다고. 미리 걱정하는 것이 바람직한 것은 아니라고. 그때는 그렇게 즐기면서 살아야 한다고. 그래야 지금 덜 억울하다고.

그럴 수밖에 없겠지요. 지금은 개별적인 담론이 사람들을 지배하고 있습니다. 나와는 다른 생각을 하는 사람들, 다른 시선을 지닌 사람들에 대한 비판이나 원망 같은 건 그들에게 없었습니다. 거기에 집착하고 있었던 나, 무언가 나에 대한, 내가 살았던 시대에 대한 추억, 최루탄과 피로 그들에게 안겨준 민주주의에 대한 고마움의 말을 기대한 내가 부끄러웠습니다. 그들은 그들의 사람과 함께 그들의 시대, 그들의 삶을 살아가고 있었습니다. 그것이 희미한 옛사랑의 그림자를 밟으며 깨달은 슬픈 진실이었습니다.

문제가 없으면
그게 아이인가요?

문제는 우리의 아픔에 있는 것이 아니라, 우리를 아프게 하는 것들에 있다. 오히려 아픔은 〈살아 있음〉의 징조이며, 〈살아야겠음〉의 경보라고나 할 것이다. (…) 우리가 이 세상에서 자신을 속이지 않고 얻을 수 있는 하나의 진실은 우리가 지금 〈아프다〉는 사실이다. 그 진실 옆에 있다는 확실한 느낌과, 그로부터 언제 떨어져나갈지 모른다는 불안한 느낌의 뒤범벅이 우리의 행복감일 것이다. 망각은 삶의 죽음이고, 아픔은 죽음의 삶이다.

_이성복, 『뒹구는 돌은 언제 잠 깨는가』 뒷표지글 부분

벌써 많은 시간이 흘러버린 어느 봄날, 노을이 지는 흐릿한 저녁 빛이 학교 도서관의 한 귀퉁이로 스며들 때 정말 우연히

이성복의 『뒹구는 돌은 언제 잠 깨는가』를 만났습니다. 문제는 우리의 아픔에 있는 것이 아니라 우리를 아프게 하는 것에 있다는 말. 그 글귀에 오래 머물렀습니다. 우리는 아픕니다. 스스로를 속이지 않고 얻을 수 있는 하나의 진실은 지금 우리가 '아프다'는 사실입니다. 그 사실을 다 받아들이면서 시간을 살아가고자 하는데도 여전히 아픕니다. 그것은 순전히 나를 아프게 하는 그것 때문입니다.

그런 생각을 한 적이 많았습니다. 왜 나만 이렇게 힘들고 이렇게 슬픈가? 그렇게 생각하기 시작하자 슬픔이 더욱 크게 느껴졌습니다. 왜 나만 이렇게 아프고, 흉터로 마음과 몸을 채우는가? 그렇게 생각하자 흉터는 더욱 늘어났습니다. 왜 슬픔 뒤에는 기쁨이 오지 않고 다시 슬픔이 오는지도 이해할 수 없었습니다. 그러면서 시간이 흘렀습니다. 시간은 기묘한 힘으로 나를 지배했습니다. 나는 시간 속에서 길을 걸어가는 작은 존재에 불과했습니다. 그러자 묘한 안도감이 나를 지배하기 시작했습니다. 슬픔이나 흉터, 그리고 상처들이 내 몫이 아니라 시간의 몫이라는 깨달음. 그러자 내 몸을 지배하던 슬픔이나 상처, 흉터들이 허깨비처럼 떨어져 내렸습니다. 슬픔, 상처, 흉터가 내 몸에서 떨어져나간 이후에도 그것들이 아주 사라진 것은 아니었습니다. 여전히 내 안에서 숨을 쉬며 살고 있었습니다. 하지만 이미 그건 시간의 몫이므로 난 그냥 시간 속으로 걸어가면 그만이었습니다.

그런데 나는 요즘 다시 편치 않습니다. 나의 아픔을 넘어 현재를 힘겹게 살아가는 아이들을 생각하면 더욱 그렇습니다. 아이들이 아프다는 사실에 대해서는 누구나 공감합니다. 그럼에도 왜 현실은 크게 달라지지 않을까요? 관건은 실천입니다. 아픈 현실을 바꿔야 한다는 마음으로 한 사람, 한 사람이 작은 부분부터 실천해야 합니다.

전라북도 김제에 가면 J학교가 있습니다. 중학교와 고등학교가 함께 있는 소위 대안학교입니다. 아름다운 도서관이 있다는 소식에 전국 독서담당 전문직들이 거기에 모였습니다. 도서관도 견학하고 독서정책에 대한 워크숍을 하기 위함이었습니다. J학교는 '왜?'라는 화두를 던지며 인문학적 사유와 사색을 통한 학습을 구현하기 위해 노력하며, 도서관 중심의 인문학을 실현해보고자 문을 열었다고 자신들을 소개했습니다. 학교에는 담장이 없었습니다. 담장보다도 도서관을 가장 먼저 설계했고, 모든 교실이 도서관으로 연결되어 있는데, 이것이 무엇보다도 아름다웠습니다. 아이들은 한없이 밝았고, 두 손을 모아 '반갑습니다'라고 인사를 할 때는 나도 정녕 반가웠습니다. 도서관에서 만난 교장 선생님께 물었습니다.

"이 학교 아이들은 문제가 없지요?"

교장 선생님의 말씀은 이랬습니다.

“문제가 없으면 그게 아이인가요? 선생님은 아이일 적에 문제가 없었나요? 여기 아이들도 다투고 미워하고 경쟁합니다. 하지만 그게 아이들 아닌가요?”

가슴 한 부분이 찡하니 울렸습니다. 맞습니다. 아이들은 원래 그런 존재입니다. 어른인 나도 살다보면 덜컥덜컥 걸리는 것투성이인데 아이들이라고 무엇이 다르겠습니까? 모든 아이들은 문제가 있습니다. 하지만 아이들은 ‘문제가 있는 아이들’이지 ‘문제아’가 아닙니다. 그렇습니다. 문제가 있다는 것은 지금 관심이 필요하다는 것입니다. ‘문제가 있는 아이’를 ‘문제아’로 만들지 않고 아름다운 어른으로 자라게 하는 것이 ‘지금, 여기’를 살아가는 우리의 의무입니다.

저문다는 건,
서로의 색으로 스미는 것

저문다는 것, 날 저문다는 것은 마땅히 만상이 서서히 자신의 색을 지우며 서로의 속으로 스미는 일이라야 했다 알게 모르게 조금씩 서로의 그림자에 물들어가는 일이라야 했다 그렇게 한결로 풀어졌을 때, 흑암의 거대한 아궁이 속으로 함께 걸어 들어가는 일이라야 했다.

_류인서, 「어둠의 단애」(『그는 늘 왼쪽에 앉는다』) 부분

저문다는 건 마땅히 자신의 모든 색을 지우며 서로의 속으로 스미는 거라야 했습니다. 마땅히 그래야 했습니다. 시간이 모든 것을 해결할 수 없다는 것도 이젠 진실입니다. 달려가도, 뿌리쳐도, 잊으려 해도 지워질 수 없는 것들이 있는 모양입니다. 마

땅히 서로의 색을 지우며 서로에게 스며야 함에도 불구하고 사람들은 고집스럽게 자신의 색만 지키고 있습니다. 마구 뒤섞여 질서도 없는 아까시나무의 뿌리처럼 마음이 엉킵니다. 행운목을 분갈이하다가 갑자기 마음이 밑바닥까지 내려앉았습니다. 왜 그랬는지 정말 모릅니다. 나도 나를 모릅니다. 이유도 없습니다. 여전히 바깥에서 걸려오는 여러 목소리들이 모두 귀찮습니다. 지금 내 마음 어느 한켠에도 타인을 배려할 만한 공간이 없습니다. 숨쉬기도 벅찹니다. 내 숨이 벅찬데 뭘 더 바랄 수 있단 말인가요. 햇살 고운 날에 오히려 역설처럼 내리꽂히는 어둠의 단애.

오랜만에 들른 고향은 하얀 눈으로 덮여 있었습니다. 바다와 맞닿은 하늘에는 하얀 갈매기들이 길을 만들고 있었습니다. 바람이 제법 차갑기는 했지만 그리 나쁜 풍경은 아니었습니다. 하얀 구름이 아련한 뒷배경으로 걸렸습니다. 그때 갑자기 무언가 가슴에 걸리는 응어리. 별것 아닌 풍경이 지나간 추억의 응어리들을 슬그머니 수면 위로 떠오르게 했습니다. 옹이처럼 내 영혼을 후볐습니다. 그후 아무렇지 않게 시간을 흘려보냈지만, 자꾸만 사람이 걸리고 삶이 걸리고 목이 걸려왔습니다. 그럼에도 다시 돌아온 일상은 한 자락의 흔들림도 없이 그 자리에서 나를 기다리고 있었습니다. 자꾸만 울리는 전화기. 불현듯 살아간다는 것이 무섭다는 생각. 아무 생각 없이 며칠이라도 살아봤으면

하는 엉뚱한 마음의 움직임. 별다른 일도 없이 명절을 지낸 지금, 좀 답답했습니다.

달려가면 잡힐 듯한 이야기들이 숨을 쉽니다. 내 고향은 바다에서 조금 떨어진 농촌 마을입니다. 동쪽으로 솟아오른 세 개의 산을 넘어 그 꼭대기에 서면 파란 바다가 보였습니다. 난 바다를 보기 위해 자주 산에 올랐습니다. 내가 바라본 바다에는 섬이 없었습니다. 그냥 파랗게 이어지다가 하늘과 맞닿은 거기에 바다의 끝이 있었습니다. 바다의 끝은 하늘의 끝이기도 했습니다. 그게 내가 아는 바다의 전부였습니다. 내가 만날 수 있는 섬은 단지 지리부도에나 존재하는 무의미한 것이었습니다. 내가 바라본 동해가 나에겐 바다의 전부였던 셈이지요. 그러다가 우연히 남해를 여행하게 되었습니다. 남해는 이미 내가 아는 바다가 아니었습니다. 바다 곳곳에는 아담한 봉우리들이 수없이 솟아 있었습니다. 그게 바로 섬이었습니다. 난 그 여행에서 섬의 존재를 확인했습니다. 어릴 때 바라본 바다는 그냥 바다였는데 섬의 존재를 확인한 다음의 바다는 이미 그 바다가 아니었습니다. 바다에는 섬이 있었습니다. 아니, 섬이 존재하기에 바다가 존재했습니다. 섬이 존재하기에 바다가 존재한다는 엄연한 진리…… 결국 섬이 없으면 바다도 없다는 진리…… 대상의 부재는 존재의 부재를 낳는다는 걸 난 섬을 만나면서 확인할 수 있었습니다. 그건 진정한 화엄의 세계였습니다.

'나' 혼자는 언제나 힘듭니다. '나'가 '서로'가 되기 위해서는 '사이'에 대한 인식이 필요합니다. 섬이 있어야 바다가 의미를 지니는 것처럼, 어둠이 있어야 밝음이 빛을 지닐 수 있는 것처럼 '나'를 넘어서지 못하면 삶은 무의미합니다. '나'를 넘어서는 길은 하나입니다. 조금씩 '나'의 색을 지워나가는 것. 그래서 '너'의 색으로 스며들어가는 것. '나'가 '너'로 변해서 '나'와 '너'가 하나로 변하는 것이 아니라 오히려 '사이'를 확인하는 거기에 '나'를 넘어서는 길이 있습니다. '서로'는 '사이'를 확인하는 그 지점에 존재합니다. '나'와 '너'는 결코 하나가 될 수 없습니다. 하나가 될 수 없는 그것이 오히려 행복입니다. 아이들에게 향하는 마음도 마찬가지입니다. 아이들에게 '나'를 강요해서는 안 됩니다. 아이들은 저마다의 색을 지닌 그냥 '너'입니다.

나에게 쓰는 편지 1

시월이 깊었습니다. 해 질 무렵, 그림자가 길어지면서 무척이나 고즈넉했습니다. 이루지 못한 꿈들이 허공으로 흩어지면서 그대로 멈춘 채 머물렀습니다. 아직도 내 것이 되지 못한 공허한 바람(願)들이 바람(風)처럼 사라졌습니다. 불면의 밤들보다 더 무서운 것이 불면의 생각들입니다. 나의 희망은 잠깐 스치는 그런 종류의 것이 아니었습니다. 내 희망은 내 몸부림이었고, 내 흔들림이었고, 내 절망이기도 했습니다. 시간 앞에 멈춰선 내 희망이자 절망은 언제나 같은 얼굴로 거기에서 쓸쓸했습니다.

자주 내 언어의 심지를 낮추었습니다. 내 안을 모두 밖으로 드러내는 건 만용이자 부끄러움이었습니다. 내 언어이기보다는 우리의 언어이기를 원했습니다. 하지만 내 언어는 삼인칭으로 건너가지 못하고 여전히 일인칭에 머뭅니다. 모든 사물事物을 객관화하기에는 아직 내공이 부족한가 봅니다. 먼 기침 소리에 잠을 설쳤습니다. 자고 일어나면 잠들기 전보다 무거운 머리 때문에 아침이 쓸쓸했습니다. 버릴수록 아름다운 이치를 나는 아직도 솔직히 모르겠습니다. 뭔가를 시작하기만 하고 마무리를 하지 못하는 내 어리석음. 분명 시월인데, 가을은 깊었는데, 여전히 난 물고기 한 마리 건지지 못하고 그물만 던지고 있습니다.

그랬습니다. 사는 건, 특히 잘 사는 건 정말 쉬운 일이 아니었습니다. 저만치 길을 걸었다고 생각했는데 걸어온 길보다 더 많은 길이 남아 있는 것 같습니다. 이제는 숨을 고를 수 있다고 생각했는데 올라온 길보다 더 높은 고갯길이 기다리고 있었지요. 언젠가 누군가가 그랬지요. 흘러가는 물은 강요하지 않아도 흐름에 따라 길을 만드는 거라고. 그런데 사는 게 어디 물이 흘러가는 것처럼 내맡기기가 쉬운가요. 언제나 무너지는 담벼락에 기대고 있다는 절박함으로 살기도 했고, 불어오지 않는 바람을 기다리는 절실함으로 살기도 했고, 이제는 돌아가지 못할 거라는 상실감으로 살기도 했습니다. 내 삶을 가린 것이 어쩌면 내 그림자일지도 모른다는 부끄러움으로 살기도 했지요. 생채기가 남긴 옹이도 언제나 내 길 위에 있었더랬지요. 알고 보면 내 삶만이 아니라 모든 삶이 물 같지는 않았습니다. 이 세상에는 상처 없는 삶이 없다는 그것이 다소 나를 위로하기도 했지요. 기다림은 언제나 나를 지치게 했고, 그리움은 반복해서 나를 절박하게 만들었지요. 그럴 때마다 다시 기대하면서 꿈을 만들었지요. 내일 걸어가는 길은 오늘과는 다를 거라고 믿음이란 놈을 키웠지요.

하지만 언제나 그 꿈의 끝은 만날 수가 없었지요. 이따금 길을 걷기 위해 몸부림치는 이 발버둥이 도대체 무엇인지 답답할 때도 많았지요. 절박함이 절박함으로만 그치고 어제와 다르지 않은 오늘이 반복되었지요. 그렇지요. 나는 아무리 걸어도 닿을 수 없는 그 무엇에 닿고 싶었지요. 그것이 기다림인지, 그리움인지, 사랑인지, 아니면 그 모두인지도 모르지요. 어쩌면 그건 진짜 꿈이었는지도 모릅니다. 갑자기 〈박하사탕〉의 한 장면이 떠오릅니다. 어느 낯설지 않은 강변에서 주인공 영호가 순임에게 쑥부쟁이를 꺾어줍니다. 영호가 이 강변이 낯설지 않다고 하자 순임은 이렇게 말합니다. "꿈을 꾼 것이겠지요. 그 꿈이 좋은 꿈이었으면 좋겠어요." 나도 그랬으면 좋겠습니다. 지금 꾸고 있는 꿈이 좋은 꿈이었으면 좋겠습니다. 내가 꾸는 그 꿈으로 인해 많은 사람들이 행복해지면 좋겠습니다.

나에게 쓰는 편지 2

서랍 속의 수없이 헝클어진 파지에는 많은 낙서가 숨겨져 있습니다. 거기에는 의미적으로 연결되지 않는 이질적인 단어들이 나열되어 있습니다. 분명 그 단어들을 징검다리로 삼아 닿을 수 없는 저편으로 가고 싶었던 것이겠지요. 문득 그런 문장이 보였습니다. '그리움을 사살하고 싶다.' 사살할 수 있는 그리움이라면 이미 그리움이 될 수 없는 것이겠지요. 결국 그 파지들은 닿을 수 없는 저편에 대한 슬픈 보고서가 아니었던가 생각됩니다.

차를 몰고 달려가면 이제는 10분이면 닿는 곳. 높은 산을 세 구비나 넘어야 멀리 하늘과 닿을 듯이 눈앞으로 달려오던 바다라는 이름을 지닌 곳. 어릴 때는 그곳이 그렇게 멀었습니다. 초등학교 5학년이 되어서야 처음으로 바다를 가까이에서 만날 수 있었습니다. 그때까지 바다는 닿을 수 없는 곳, 품을 수 없는 것, 만져지지 않는 것, 불리지 않는 것, 건널 수 없는 것, 그래서 결국 다가오지 않는 것이었습니다. 바다는 첫사랑이자 짝사랑 같은 것이었습니다.

바다를 만나고부터는 자주 바다와 만나 닿을 수 없는 것들과 불리지 않는 것들을 생각했습니다. 하지만 가까이에서 만난 바다는 멀리서 바라보던 바다보다 오히려 더 멀었습니다. 마침내 닿았지만 그것이 절실한 만남이 되지는 못했던 셈이지요. 여전히 바다는 지독한 그리움으로 남았습니다. 그리움은 자라서 눈물이 되기도 했고 견딜 수 없는 상처가 되기도 했습니다. 생채기는 자랐지만 결국 내 그리움을 죽이지는 못했습니다. 죽이지 못한 그리움들이 안에서 밖으로, 또는 밖에서 안으로 뿌리를 내렸습니다.

그랬습니다. 바다가 하나의 삶이라면, 난 늘 삶 곁에 주저앉아 그 속에 스며들지 못하고 속수무책으로 시간을 견뎠습니다. 안으로 들어가지 못하고 가장자리를 서성거리면서 결국 닿을 수 없는 것이라고 스스로를 위로했습니다. 시간은 무섭게도 흘러갔습니다. 주저앉아 흘러가는 시간은 더욱 뾰족한 바늘이 되어 내 상처를 쑤셨습니다. 그랬습니다. 삶은 결국 닿을 수 없는 무엇에 대한 그리움의 시간 위에 있는 것이었습니다.

닿을 수 없는 무엇에 대한 그리움도 시간 속에서 바랩니다. 가까운 절실함이 먼 절실함의 기억을 바래게 하기도 합니다. 하지만 분명 그럴 것입니다. 기억의 저편에 남은 먼 절실함이 지금의 절실함과 겹쳐서 더 지독한 절실함을 만든다고요.

토크 콘서트 '친구'를 준비하면서 며칠 동안 참으로 많은 생각을 했습니다. 현재 내가 그리는 풍경이 정말 내가 꿈꾼 풍경인지를 수없이 반추했습니다. 나이도 먹을 만큼 먹은 놈이 주책없다고 할까 싶어서 겉으로 한숨을 지어 보이지도 못했습니다. 새로운 풍경이기에 두려움도 컸습니다. 언제나 마지막 결정은 내가 해야 한다는 사실에 외롭기도 했습니다. 하지만 무엇보다도 소통에 의미를 부여하고 싶었고, 그것이 아이들의 속마음이라고 믿었습니다.

달라진 공간에서 벌써 1년이란 시간이 흘렀습니다. 바다를 눈앞에 두고도 바다의 참모습을 알 수 없듯, 아름다운 교육을 실현하고자 하는 내 꿈도 여전히 미완성입니다. 현실에 매몰되어 꿈을 꿀 수도 없는 시간이 더 많아졌습니다. 그 시간 속에서 꿈이 꿈의 형상만을 지니고 있지 않고, 현실이 현실의 모습으로만 존재하는 것이 아니라는 것도 알았습니다. 꿈과 현실은 언제나 여기에서 저기로, 저기에서 여기로 유랑하는 것이라는 것도 깨달았습니다. 그렇지요. 닿을 수 있는 그 무엇이라면 그것은 이미 꿈이 아니겠지요. 그건 현실이겠지요. 그래서 오늘도 난

여전히 닿을 수 없는 그 무엇에 대한 꿈을 꾸고 살아갑니다. 아마 내일도 그러할 것입니다

3부

아이들이 하늘이다

공감, 서로 감동하는 것

“벌써 방세가 넉 달이나 밀렸어. 한 번만 봐달라고 말한 게 몇 번째야? 이젠 도저히 참을 수 없어! 당장 방을 비워줘요!”

한 사내와 여인이 인적 뜸한 공원 벤치에 앉아 있었습니다. 그들의 곁에는 초라하고 낡은 가방이 서너 개 놓여 있었고요. 그때였습니다.

“어머, 월트! 저 쥐 좀 봐요.”

느닷없이 들뜬 여인의 목소리를 듣고 사내는 놀라서 고개를 돌렸습니다. 여인의 얼굴에 옅은 미소가 번지고 있었습니다.

'아니! 무엇이 아내를 기쁘게 한 걸까? 결혼한 후로는 가난에 찌들어 한 번도 저런 웃음을 보인 적이 없었는데.'

사내는 몹시 의아해하며 여인이 가리키는 곳을 보았습니다. 그곳엔 작은 쥐 한 마리가 바쁘게 움직이고 있었습니다.

"좀 자세히 봐요. 얼마나 귀엽게 움직이는지 절로 웃음이 나온다니까요."

과연 그녀의 말대로 생쥐는 온갖 재롱을 다 부렸습니다. 사내는 생쥐와 여인의 모습을 번갈아가며 살펴보았습니다. 그 순간 그에게 새로운 생각이 떠올랐습니다.

'그래. 맞아! 저 귀여운 쥐를 소재로 만화를 그려보자. 저런 귀여운 모습을 전달할 수만 있다면 많은 이들의 괴로움을 덮어줄 수 있을 거야!'

그는 낡은 공책을 꺼내 재빨리 그림을 그리기 시작했습니다. 귀가 크고 빨간 넥타이를 맨 생쥐의 모습이 공책 위에 나타났습니다. 이것이 바로 그 유명한 미키마우스가 세상에 처음 등장하는 순간입니다. 그 사내는 월트 디즈니였습니다. 이 이야기를 읽으면서 갑자기 그런 생각이 들었습니다. 월트가 귀여운 쥐를 소재로 만화를 그려 돈을 벌어보겠다고 마음을 먹었다면 성공할 수 있었을까요? 오히려 아픈 사람들을 자신의 만화로 위로하려고 했기에 성공할 수 있지 않았을까요?

요즘 아이들은 자주 소리를 지릅니다. 하지만 그 소리는 대체로 무의미한 괴성이거나 울림 없는 메아리입니다. 감동에서 나온 것이 아니기 때문입니다. 감동이 없는 삶은 무의미합니다. 삶의 의미를 찾기 위해서는 자기 자신에게 감동할 수 있어야 합니다. 내가 나에게 감동하기 시작하면 나는 그 순간부터 누구보다 소중한 존재가 됩니다. 나아가 감동은 이기적인 욕망에서 나오지 않습니다. 배려에서 나옵니다. 내 욕망만을 위해 달려가기보다는 더불어 살아가는 사람들을 바라보는 데서 나옵니다. 그것이 바로 공감입니다. 정말 아이들에게 가르쳐야 할 것은 무엇일까요? 이기는 법을 가르치는 것이 능사일까요? 모두가 이기면 과연 지는 사람은 없어지는 것일까요? 경쟁에는 필연적으로 승패가 주어지는 법인데 과연 모두 이길 수 있을까요? 지금과 같은 시대, 지금과 같은 교육현실에서는 당연히 불가능합니다. 정말 모두가 이기는 방법은 없을까요?

어떤 제도에도 빛과 그늘은 존재할 것입니다. 살다보면 죄를 짓거나 반칙을 할 수도 있습니다. 그렇다고 그것이 옳다고 가르칠 수는 없습니다. 반칙을 하고 죄를 짓더라도 이기는 것이 목적이고, 그렇게 하라고 가르친다면? 최소한 교육에서는 절대로 그럴 수는 없는 일입니다.

1kg의 금을 가진 자는 10kg의 금을 원합니다. 10kg의 금을 가질 때까지는 결코 행복할 수 없습니다. 문제는 10kg의 금을 가지게 되면 다시 100kg의 금을 원한다는 것입니다. 그것이 욕망의 본질입니다. 이렇게 욕망이 삶을 지배하고 있는 우리 사회에서 과연 배려와 나눔은 가능할까요? 많은 사람들이 그것이 바른길이라고 믿고 실천한다면 가능합니다. 그 유일한 방법이 바로 교육을 통해 올바른 가치관을 세우는 것입니다. 이제 아이들에게 무한한 욕망의 추구만이 행복이 아니라 배려가 진정 행복한 길임을, 더불어 사는 것이 행복해질 수 있는 지름길임을 가르쳐야 합니다. 그 유일한 길이 바로 서로 감동하는 것, 바로 공감입니다.

삶은 속도가 아니라 방향이다

좋은 성적도, 스펙도 없던 제가 카피라이터에 도전했던 건 도박과 같았어요. 끝을 알 수 없는 막연한 도전이었죠. 하지만 전 인생은 속도가 아닌 방향이라 생각해요. 얼마나 빨리 가느냐보다 어떻게 가느냐가 더 중요하죠. 그래서 전 저의 꿈 카피라이터를 포기하지 않았어요. 원하는 꿈이 있다면 꼭 된다는 믿음을 가지고 천천히 나아가세요. 20대의 자신보다 40대의 자신이 훨씬 빛나는 인생을 만들어 보세요.

_안상헌(크리에이티브 디렉터), 경북대학교 입학홍보지에서

지난 여름방학, 스토리텔링 활용 직무연수를 진행했습니다. 교실수업에 스토리텔링이라는 기법을 도입하여 수업에 대한 흥

미를 높이고, 경직된 학교문화에 묶여 답답해하는 선생님들에게 열린 세상의 모습을 보여주고 싶었습니다. 다양한 직업, 다양한 사고, 다양한 강의 기법을 지닌 9명의 강사가 연수를 진행했지만 강의의 핵심은 하나, 위로와 소통이었습니다. 연수강사들은 대부분 소위 C형 혈액형Creative Blood을 지닌 분들이었습니다. 강사들 대부분은 학교 다닐 때 성적이 좋지 않았던 분들. 어떤 강사는 60명 중 48등을 했던 자신의 성적을 스토리로 풀어내기도 했습니다. 하지만 그들은 그 시절 가졌던 자신의 꿈을 버리지 않고 여전히 그 꿈과 소통하면서 행복한 삶을 살고 있었습니다. 연수에 참가한 선생님들은 성적이라는 잣대로 자녀와 학생들을 바라봐왔던 자신을 돌아봤습니다.

'그래도 공부시키는 것이 아이들을 가장 쉽게 키우는 방법 같아요.' 연수에 참가했던 어느 선생님의 말입니다. 연수를 받는 내내 혼란스러웠다고 말했습니다. 사람들은 대부분 '이중개념틀bi-conceptual'을 가지고 있습니다. 사회정의를 부르짖으면서도 자신과 이해利害가 얽히게 되면 슬쩍 정의를 버립니다. 특히 자녀교육에 모든 것을 걸고 있는 부모의 입장이 되면 더욱 그렇습니다. 어떤 정책이 분명 미래를 준비할 수 있는 좋은 정책임을 알면서도 그 정책이 자녀들에게 직접 도움이 되지 않는 것이라면 그들을 설득하기 어렵습니다. 어쩌면 대한민국 교육이 제자리걸음을 하고 있는 하나의 중요한 이유가 거기에 있는지도 모릅니다.

우연히 광고기획가 안상헌의 인터뷰를 모 대학 안내책자에서 만났습니다. 인생은 속도가 아니라 방향이라는 말이 좋아 스크랩을 했습니다. 삶이 속도가 아니라 방향이라면 삶의 방향은 어떻게 찾아야 할까요? 삶의 방향은 개인의 꿈과 시대정신의 조화로운 대화 속에서 정해집니다. 꿈은 개인적인 범주에 속하는 것이겠지만 시대정신을 이해하기 위해서는 사회의 흐름에 대한 깊은 탐구가 요구됩니다. 엉뚱하게 들릴지 모르겠지만, 시대정신은 서점에 있습니다. 서점에 가서 최근 잘 팔리는 책을 확인하기만 해도 시대정신의 껍데기는 만질 수 있습니다. 물론 그 속살을 들여다보려면 책을 사서 읽어야겠지요. 바빠서 책 읽을 시간이 없다고 말하는 사람이 많습니다. 감히 말하지만 일상 속에서 책 읽을 시간은 분명 있습니다. 나도 일주일에 한 권 정도는 읽는 편입니다. 출퇴근 때 지하철에서, 점심이나 저녁때, 심지어 화장실에서조차 책을 읽습니다. 내가 읽는 책에는 시대정신이 담겨 있고, 그 시대정신에 맞춰 내가 펼치는 정책의 방향이 정해지니까요.

최근 베스트셀러 목록에는 픽션은 물론 자기계발 관련 논픽션이 거의 보이지 않습니다. 한동안 유행했던 성공 스토리에 대한 책도 별로 보이지 않습니다. 그만큼 현재 대한민국을 살아가는 사람들이 성장과 성공, 그것을 위한 무한경쟁에 피로를 느끼고 있다는 방증이기도 합니다. 그러한 성장과 성공이 지금의 내 행복과 불가분의 관계에 있지는 않다는 것을 깨달은 결과입니다. 반면 최근의 베스트셀러에는 마음 치유서가 많습니다. 『바람이 분다, 당신이 좋다』, 『스님의 주례사』 등등. 베스트셀러가 얼마간 사회의 방향성을 드러낸다면, 사회의 방향성이 바로 시대정신이라면 지금의 사람들에게 필요한 것은 따뜻한 위로와 격려입니다. 이러한 방향을 부정하고 무조건 무한경쟁의 논리를 강요하는 것은 방향을 거부하고자 하는 기성 사회의 자기보호 본능일 뿐입니다.

미쳐야(狂) 미칠(及) 수 있다

곧 죽게 된다는 생각은 인생에서 중요한 선택을 할 때마다 큰 도움이 된다. 사람들의 기대, 자존심, 실패에 대한 두려움 등 거의 모든 것들은 죽음 앞에서 무의미해지고 정말 중요한 것만 남기기 때문이다. 죽을 것이라는 사실을 기억한다면 무언가 잃을 게 있다는 생각의 함정을 피할 수 있다. 당신은 잃을 게 없으니 가슴이 시키는 대로 따르지 않을 이유도 없다.

_스티브 잡스, 스탠퍼드 대학 졸업식(2005년) 연설에서

얼마 전, 스티브 잡스는 우리 곁을 떠났습니다. 세상은 한 사람의 천재 CEO의 죽음을 슬퍼했습니다. 개인용 컴퓨터의 시대를 열고, 사용자 지향의 그래픽 운영체계를 도입하고, 음악시장

에 아이튠즈라는 새로운 유통방식을 만들어냈으며, 아이폰으로 통신시장에 혁신을 일으킨 인물로 평가받는 스티브 잡스. 그가 새로운 것을 끊임없이 선보일 수 있었던 힘은 역설적이게도 인간은 누구나 죽는다는 사실을 마음에 지니고 살았기 때문입니다. 죽을 것이라는 생각은 잃어도 잃는 것이 아닌 본래로 돌아간다는 삶의 함정에서 벗어날 수 있게 합니다. 그런 점에서 우리는 가진 것이 너무 많습니다. 그것은 버려야 할 것도 많다는 뜻입니다.

어느 연구회 워크숍에 참가한 적이 있습니다. 강사는 애플과 삼성의 가장 큰 차이에 대해서 말했습니다. 그는 삼성은 애플과 달리 예술적 감수성이 없다고 단언했습니다. 맞는 말이기도 하지만 더욱 중요한 사실이 빠졌습니다. 애플이 삼성보다 우월한 점은 바로 철학이 있고 스토리가 있다는 것입니다. 기술은 인간을 편리하게 해주지만 세상을 바꾸지는 못합니다. 세상을 바꾸는 힘은 철학에서 나옵니다. 미래를 대비하는 방법도 철학에서 나옵니다. 감성적 섬세함도, 발상의 유연함도, 심미적 역량도 철학에서 나옵니다. 애플의 철학을 가장 잘 보여주는 것은 바로 1997년 애플에서 밀려난 잡스가 애플로 복귀하면서 내놓았던 'Think different'라는 광고입니다.

화려함과는 거리가 먼 단순한 흑백 화면에 익숙한 사람들의 얼굴이 지나갑니다. 아인슈타인, 마틴 루서 킹, 리처드 브랜

슨, 존 레넌, 아멜리아 이어하트, 무하마드 알리, 루실 볼, 밥 딜런 등이 그들입니다. 리처드 드레이퍼스는 잔잔한 내레이션으로 그들에 대해 말합니다. 그들은 부적응자이거나 반항아이거나 문제아였다고. 어떤 사람들은 그들에게서 미치광이를 보지만 우리는 천재를 본다고 하면서 그들은 세상을 바꾸고 인류를 앞으로 이끌었다고 표현합니다. 세상을 바꿀 수 있다고 믿는 미친 사람만이 세상을 바꿀 수 있다고 말하는 광고 말미에 'Think different'라는 문구와 애플 로고가 선명하게 박힙니다. 사실, 세상을 바꾸는 진정한 주체는 그들이 아니라 'Think different'라는 문구 그 자체입니다. 그들은 다르게 생각한 사람들이었고 그 다른 생각이 세상을 바꾸었습니다. 누군가 이 광고를 다시 만든다면 마지막에 스티브 잡스가 추가될 것임에 틀림없습니다. 결국 이 광고는 스티브 잡스가 자기 스스로를 표현한 셈입니다.

잡스는 만들어진 천재가 아닙니다. 정부가 천재를 양성한다고 하는데 정말 중요한 것은 천재가 나올 수 있는 환경의 조성입니다. 환경이 잘 만들어지면 지금의 학생들은 천재로 성장할 수 있습니다. 서로 다른 생각을 존중하면 거기에서 히트작이 나옵니다. 우리에게는 그럴 여유가 없습니다. 최종 결과물 중심의 척박한 환경에서는 결코 천재가 나오지 못한다는 사실을 깨달아야 합니다.

사람은 누구나 저마다의 모습을 갖고 있습니다. 하지만 우리 사회는 때로 그런 개별적인 것들을 통제하려고 합니다. 특히 아이들에게 기성 사회는 더욱 엄중한 잣대를 들이대곤 합니다. 하지만 아이들은 있는 그대로를 인정받을 때 자신에 대한 믿음을 가지고 자신의 꿈에 미치게 됩니다. 그렇게 미친〔狂〕 아이들만이 스티브 잡스에 미칠〔及〕 수 있습니다. 기술은 자본을 축적하지만 철학은 사람을 얻습니다. 자본보다 위대한 것이 사람입니다. 아이들에게 자본보다는 사람을 가르쳐야 합니다. 혼자 있을 때는 막연하지만 함께 이루어나가는 꿈은 더욱 강한 에너지로 바뀝니다. 미쳐야〔狂〕 미칠〔及〕 수 있는 길의 풍경을 자유롭게 그릴 수 있는 시간을 가르쳐야 합니다. 이렇게 말하고 있는데 어디선가 한국의 교육현실을 모르고 하는 소리라고 말합니다. 현실이 그렇다고 걸어가야 할 길을 외면할 수는 없습니다. 미쳐야〔狂〕 미칠〔及〕 수 있습니다. 가슴이 시키는 일을 버리면, 할 수 있는 일은 사실 아무것도 없습니다.

교육의 몸통이 인문학이다

이젠 교육운동에 몸통이 필요하다고 생각해요. 이상하게 사람들은 왼쪽 날개, 오른쪽 날개가 있어야 날 수 있다고 생각하면서, 몸통 생각은 안 해요. (…) 몸통 이야기를 꺼낸 것은 상식적이고 합리적인 사람들이 동의할 수 있는 가치가 중심 담론으로 자리잡을 때가 되었다고 보기 때문이에요.

_강대인, 「교육운동, 진영 논리를 넘어 새 문화의 길로」(『민들레』 92호)에서

2006년 9월 15일, 고려대학교 문과대 교수 전원(121명)이 문과대 설립 60주년을 맞아 '인문학의 위기'를 지적했습니다. 그렇게 시작된 인문학 위기론은 그로부터 8년이 지난 현재까지도 나아지기보다는 더욱 심각해지고 있습니다. 세상은 온통 인

문학이 중요하다는 말들로 가득한데 대학 안에서 인문학은 거의 아사餓死 직전입니다. 당시 한 신문은 인문학의 위기가 밖으로부터 일어난 것이 아니라 안에서 싹튼 것이라고 했습니다. 그 이유는 대학의 글쓰기 교육이 실종되면서 자기 생각을 글로 제대로 풀어내지 못하기 때문이라고 지적했습니다. 나아가 인문학이 되살아나려면 대학 안에서 글쓰기 혁명이 일어나야 한다고 주장했습니다. 한동안 인문학 위기론은 다수의 미디어에서 다루었지만 지루한 논쟁에 그쳤을 뿐 이 신문에서 제시한 방법론을 넘어서는 대책을 만들지는 못했습니다.

최근 인문학에 대한 관심이 다시 높아지고 있습니다. 인문학이 특정 정책의 키워드가 되는 경우도 많습니다. 2006년의 인문학에 대한 관심이 인문학 관계자 내부에서 터져나온 신음이었다면, 이번에는 대통령을 비롯한 인문학 외부에서 시작된 것이라는 차이가 있을 뿐입니다. 그렇게 시끄러웠지만 8년이 지나도록 별반 달라진 것이 없음을 생각하면, 한국이라는 나라에서 갑자기 인문학이 융성할 것이라고 기대하기는 어려울 듯합니다. 사회 일반은 물론 대학에서조차 인문학의 근본적인 개념이나 존재이유에 대한 진지한 고민이 별로 보이지 않습니다. 특히 입시에 매몰된 초·중등교육에서 인문학을 강조한다는 것은 불가능에 가깝습니다.

하지만 바로 거기에서 출발의 근거를 찾아야 합니다. 인문학이 본질적으로 인간에 대한 학문이라면, 어쩌면 인문학은 교육의 근본이기도 합니다. 교육을 하는 이유가 인간을 이해하기 위함이 아니겠습니까? 인간을 사랑하고, 생명을 존중하고, 생태를 걱정하는 그것이 인문학의 출발입니다. 가족을 사랑하고, 친구를 생각하고, 이웃을 배려하고, 민족을 걱정하며, 나아가 세계시민으로 함께 성장할 수 있는 사람으로 살아가자는 것이지요. 어쩌면 인문학은 잃어버린 인간성 회복 운동이기도 합니다. 자본에 점령당한 인간의 가치를 되찾자는 것이지요. 자본을 부정하는 것이 아니라 그것보다 더 소중한 무엇이 있다는 것을 깨닫자는 것이지요. 좌니, 우니 하는 진영의 논리가 아니고 내 편, 네 편이라는 '편'의 논리가 아닌 '곁'의 마음을 키우자는 것입니다. 교육의 본질은 날개에 있지 않습니다. 몸통에 있습니다. 날개들로 인해 사라져버린 몸통을 되찾자는 것이지요. 몸통이 없는데 날개가 무슨 의미를 지니겠습니까? 몸통은 바로 인간 그 자체입니다. 그것이 인문학의 본질입니다.

역시 방법은 하나입니다. 미래의 경제를 준비하기 위해 인문학에 관심을 두어야 한다는 도구론에 매몰될 경우 인문학은 더욱 힘들어질 가능성이 있습니다. 경제적 효과는 자연스럽게 따라오는 결과인 것이지요. 그러니 앞의 신문에서 지적한 것처럼 초심으로 돌아가는 것이 길입니다. 인문학의 출발은 텍스트에 있습니다. 인문정신은 텍스트를 통한 소통에 그 본질이 있습니다. 쓰고, 읽고, 말하고, 듣는 행위 자체가 바로 인문학의 바닥입니다. 바닥을 사랑해야 진정 아름다운 건물을 만들 수가 있습니다. 텍스트를 매개로 한 읽기, 쓰기, 말하기, 듣기가 자연스럽게 이루어져야 합니다. 이제는 초·중등교육에도 인문학이 하나의 정책으로 활성화될 것 같습니다. 대학에만 집중해서 지원하던 인문학 관련 정책이 초·중등교육으로까지 확대되었다는 것은 의미가 있습니다. 당연히 텍스트를 매개로 하여 말하고, 듣고, 쓰고, 읽는 활동에서 시작해야 함을 명심해야겠습니다.

어리석음은 나의 힘

모든 사물들을 실물크기로 그리고 싶다 내 사랑은 언제나 그게 아니 된다 실물크기로 그리고 싶다 사랑하는 자정향紫丁香 한 그루를 한 번도 실물크기로 그려낸 적이 없다 늘 넘치거나 모자라는 것이 내 솜씨다 오늘도 너를 실물크기로 해질녘까지 그렸다 어제는 넘쳤고 오늘은 모자랐다 그게 바로 실물이라고 실물들이 실물로 웃었다.

_정진규, 「자정향」 전문

모든 사물을 실물 크기로 그리고 싶었습니다. 내 마음은 언제나 그게 잘되지 않았습니다. 자정향 한 그루도 실물 크기로 그려낸 적이 없었습니다. 자정향의 크기는 마음의 크기입니다. 늘 넘치거나 모자라는 게 내 마음의 실체입니다. 어제는 넘치고 오늘은 모자랍니다. 지금 내 마음을 어쩌면 저리도 완벽하게 표현했을까요? 라일락을 자정향으로 부른다는 것도 최근에 알았습니다. 안다는 거 참 무섭습니다. 알게 되니까 많은 것들이 내부에서 새롭게 숨을 쉽니다. 자정향으로 부르니까 라일락이 저만치 사라집니다. 이런 생각은 나도 모르게 넘치는 생각을 만들어냅니다. 막으면 열린 것이 부럽고 열리면 막힌 것이 부럽습니다. 그것이 삶의 본질입니다. 라일락으로 부를 때는 그 꽃을 그다지 좋아하지 않았습니다. 그런데 자정향이라 부르니까 그 꽃이 정말 좋아졌습니다. 그럴 때 물론 그 이름은 나의 것입니다. 이러다가 또 생각이 넘치지는 않을까요?

최근에 누가 물었습니다. "도대체 그렇게 많은 일을 추진해나가는 힘이 무엇이냐?"고. 사실, 내가 하는 일은 혼자 하기에는 분명 벅찹니다. 대답했습니다.

"내가 지닌 가장 큰 힘은 어리석음이다. 내가 하도 어리석으니까 저 사람을 저대로 두면 안 되겠다고 생각하고 많은 사람들이 도와준다. 그게 힘이라면 힘이다."

이렇게 대답하고는 정말 진실에 가까운 절묘한 대답이라고 여겨져 스스로 흐뭇했습니다. 그러니까 다시 말하더군요.

"그게 그거잖아. 네 그릇이 정말 큰 모양이다."

나는 그런 말을 들을 만큼 그릇이 큰 사람은 분명 아닙니다. 사소한 일에도 마음 아파하고, 작은 상처에도 민감하게 반응하는 어리석은 사람입니다. 내가 말했습니다.

"그렇지 않다. 만약 나를 도와주는 사람이 없다면 결국 나는 하찮은 사람이다. 그 정도의 그릇에 불과할 거다. 결국 내 그릇의 크기가 큰 것이 아니라 나를 도와주는 사람들의 마음이 큰 것이다. 하지만 이것만은 사실이다. 만약 그 사람들이 모두 나를 떠난다면 나는 나를 도와줄 또다른 사람들을 찾아 나설 거다. 왜냐하면 나는 내가 어리석다는 것을 알기 때문에."

근무하는 건물 마당에는 봄이 가득합니다. 몇 시간 정도는 그냥 이런 봄을 즐기고 싶은데 그것조차도 쉽지 않습니다. 온갖 목소리들이 소리를 내면서 여기로 달려옵니다. '다른' 생각 정도라면 받아들이고 싶은데 분명 '틀린' 생각들로 인해 마음이 불편합니다. '다름'과 '틀림'을 어떻게 구별할 수 있을까요? '틀림'도 분명 그 사람의 기준으로 볼 때는 '옳음'이라고 판단할 테니까요. 마음으로는 '틀린' 사람들에게조차도 다가가고 싶은데 그게 쉽지 않습니다. 본질적으로 문제가 있음에도 나를 버리지 못하는 사람은 많은 사람들을 불편하게 만듭니다. 많은 사람들이 그로 인해 불편하다면 거기에는 반드시 '틀림'이 도사리고 있습니다. '틀림'은 철학의 문제이기도 하고 방법이나 과정의 문제이기도 합니다. 교육은 철학 자체이자 그 철학의 실천 방법입니다. 오히려 후자가 더 큰 의미를 지닐 때가 많습니다. 말로는 대화와 타협, 배려를 주장하면서도 자신의 철학에만 함몰되면 이미 대화와 타협, 배려는 저만치 밀려납니다.

모든 사물을 실물 크기로 그리기는 쉽지 않습니다. 사물은 내가 보는 각도에 따라, 내가 맡는 냄새에 따라 달라지기 때문입니다. 그럼에도 가능하면 실물 크기로 그려내야만 하는 것이 교육입니다. 실물은 교육정책을 만드는 사람이나 아이들을 가르치는 사람이나 반드시 전제해야 하는 마음입니다. 그 실물에 대해 판단하고 의미부여를 하고 현실 안에서 함께하는 몫은 아이들의 몫입니다. 사물은 언제나 거기에 있습니다. 사물은 언제나 넘치지도 모자라지도 않습니다. 스스로 아이들에게 말을 걸지도 않습니다. 이른바 실물입니다. 교육은 아이들로 하여금 끊임없이 바로 그 실물에 말을 걸도록 해야 합니다. 아이들이 실물과 말을 하면서 실물은 변합니다. 하지만 실물이 그렇게 변하는 것이 아이들에게도 실물입니다.

동지보다는 동료를 만나고 싶다

내 삶에 이런 응원을 해주는 사람을 이 책에서는 동료라고 부른다. 물론 무턱대고 응원해주는 사람을 가리키는 말이 아니다. 파스칼의 말처럼 '이해하기도 전에 동의하는 것처럼 부끄러운 일'은 없기 때문이다. 이 때문에 삶에는 동지가 아니라 동료가 필요하다. 동료란 내 삶을 이해하고 공감해주는 사람이지 내 삶에 '동의'해주는 사람이 아니다. 그래서 동지를 만나기보다 동료를 만나기가 훨씬 더 어렵다. 동료란 '삶'을 나누는 사람이지 '뜻'을 나누는 사람이 아니기 때문이다.

_엄기호, 『우리가 잘못 산 게 아니었어』에서

오랜만에 친구의 편지를 받았습니다. 마음에 남는 여운으로 하루가 든든했습니다.

'샘은 너무 바빠서 나는 틈을 찾을 수 없고, 나의 틈에 샘은 들어올 짬이 없지요. 친구니까 봐주지, 정말 애인이었으면 진작에 끝장났을 사이지요. (…) 언제나 그 자리에 있는 거 알아요. 내 친구인 것도 알고요. 그래서 투정도 부리는 거 아시죠? 새해, 건강 조심하세요. 전에 아프다는 말 듣고 정말 마음이 아팠어요. 내가 왜 그토록 마음 아픈지 샘은 잘 모를 거예요. 늘 내 친구로 건강하세요.'

친구의 마음이 내 마음속으로 깊숙이 들어왔습니다. 친구의 편지로부터 시작된 나의 상념은 제법 오랜 시간 지속되었습니다. 오랜만에 만나는 내 안의 익숙한 풍경이 자꾸만 뒤를 돌아보게 했습니다. 내가 지금 살아가는 시간과 공간 속에서 이미 사라진 풍경 속의 사람들이 내 이름을 부르며 불쑥 나타날 것 같아서였습니다. 돌아보는 건 사실 바보 같은 행위입니다. 이 세상에 머물러 있는 것은 없기 때문입니다. 시간이 흘러가는 것처럼 풍경의 속성도 변하기 때문이지요. 여전히 익숙해 보이는 풍경처럼 기억까지 모두 익숙한 것은 아니기 때문이지요. 시간은 걸어온 기억들을 조금씩 지워나갔습니다. 더 많은 시간이 흐른 다음, 기억은 1950년대 흑백 영상처럼 더욱 흐릿해졌습니다.

내가 지우려고 한 것도 아닙니다. 단지 시간이 기억을 그렇게 만들었을 뿐입니다. 하지만 동료들은 시간을 넘어 현재 내 풍경 속에 그대로 있었습니다. 동료들의 기억은 가까운 풍경 저편에서 여전히 같은 숨을 쉬면서 나를 위로하고 있었습니다. 내가 지금 힘겨워도 내 길을 걸어갈 수 있는 것은 바로 이런 동료들 덕분입니다.

그런 생각이 들었습니다. 제법 많은 시간을 살아오면서 체감한 것은 뜻을 함께하는 사람, 즉 동지를 만나기가 쉽지 않다는 것. 동지도 변할 수 있다는 것. 사람은 처한 환경에 따라 뜻도 변할 수 있으니까요. 하지만 삶을 함께하는 사람, 아프면 아프다고 말하고 그 아픔에 공감해주는 사람은 변하지 않습니다. 이런 사람이 동료입니다. 동료는 변하지 않습니다. 삶을 함께하기 때문입니다. 이 시대에 진정 필요한 것은 동료입니다. 우리 모두가 아픈 시대를 살고 있습니다. 아픔의 원인은 사람마다 다르지만 지금 아프다는 사실만은 모두 일치합니다. 분명 편지를 보낸 친구는 내 동료입니다.

삶이 참 힘겹습니다. 내가 걸어가는 길도 무척이나 가파릅니다. 쉽게 버리고 싶어도 버릴 수 없는 내 길이 어깨를 무겁게 합니다. 하기 싫다고 회피할 수도 없고, 다른 사람에게 떠넘길 수도 없습니다. 나 아니면 안 된다는 생각이 아니라 내가 지금 해야 하는 것이 나에게 주어진 책무이기 때문입니다. 그래서 나는 내 동료들이, 내 오랜 친구들이 고맙습니다. 반드시 뜻을 함께 하지는 않더라도 함께 길을 걸어주는 사람들. 힘들 때는 내 손을 잡아주고 내가 힘들게 들고 있는 짐을 선뜻 대신 받아주는 사람들.

겨울방학 연수를 진행하고 있는데 연수 진행을 맡은 대학 관계자가 이상하다는 듯이 말했습니다. '저 샘들 모두 미친 것 같다'고. 거기에는 내 오랜 친구들이 번갈아가면서 연수를 관리하고 있었습니다. 하루종일 그 자리를 지키는 사람들. 타인의 눈에는 분명 이상한 일로 보일 것입니다. 사실 그 풍경은 몇 년 전의 내 풍경이기도 합니다. 그때부터 그들은 내 친구였습니다. 그거 아시나요? 이런 과정에서 만나 공감한 또다른 누군가가 다음 시간에 다시 그 자리를 지킬 것이라는 사실을. 그래서 우리 이야기는 영원히 이어질 것이라는 사실을.

윤효간이 들려주는 것

나는 다양한 색과 디자인을 접해야 자신만의 색으로 디자인할 수 있다고 생각한다. 가장 좋은 방법이 여행이다. (…) 여행을 통해 다양한 색과 디자인, 문화를 경험하고, 다양한 사람들을 통해 다른 각도에서 나 자신을 보고, 나만의 나, 특별한 나를 만들어야 한다. 혹시 그로써 나중에 금전적으로 고생하게 될까봐, 취업 시기를 놓치게 될까봐 걱정이 된다면, 이 말을 명심하라. 하늘은 스스로 '버리는' 자를 돕는다. 세상과 '맞서는' 자를 돕는다.

_윤효간, 『피아노와 이빨』 부분

피아니스트 윤효간을 알고 지낸 지는 제법 오래되었습니다. 2006년이니 벌써 8년이 넘었지요. 얼굴도 모르고 전화 통화 한

번 없이 8년이나 소통한 것은 오직 블로그라는 인터넷 공간 덕입니다. 전문직으로 들어오고는 블로그 활동을 거의 못했으니 그의 근황을 몰랐던 것은 어쩌면 당연한 일입니다. 『피아노와 이빨』이라는 책을 통해 다시 만난 그는 무척 행복해 보였습니다. 윤효간은 절대로 하지 않는다던 '비교'라는 걸 나는 하면서 그와 영 딴판으로 살고 있는 지금의 내 모습이 보였습니다. '하늘은 스스로 버리는 자를 돕는다'는 그의 목소리가 마음으로 다가왔지만 아무것도 버리지 못하는 내가 안타깝고 답답했습니다. '윤효간은 옳았다'고 자랑스럽게 부르짖던 동료들의 믿음이 내 가슴에 와 닿았지만 내 걸음으로 나아가진 못했습니다.

그에게는 자신만의 색이 있습니다. 행복이 가장 위대한 성공이라면 그의 성공 이유는 자신만의 색을 오래도록 고집한 거기에 있습니다. 모두가 같은 색을 강요하는 지금의 교육 풍토로는 결코 걸어갈 수 없는 길이지요. 그에게는 고단하지만 불행한 시간은 아니었을 것입니다. 자신의 재능과 꿈을 많은 사람들과 나누고 살아가는 그는 무척 아름다워 보였습니다. 윤효간은 끊임없이 자신만의 색을 창조하고 그것을 나누어줍니다. 윤효간은 자신만의 색을 지닌 피아노(음악)와 이빨(이야기)을 나누면서도 결코 그 색을 타인에게 강요하지 않습니다. 다른 이들에게 모두 자신처럼 되기를 강요하지 않습니다. 하지만 그는 분명한 어조로 우리에게 말합니다. 윤효간이되 윤효간이 아닌 사람이 되기를 바란다고. 모두가 피아니스트 윤효간이 될 수는 없습니다. 되어서도 안 됩니다. 그러나 모두가 인간 윤효간처럼 행복해질 수는 있습니다. 우리가 그를 통해 배워야 할 철학은 바로 거기에 있습니다. 그의 성공을 배우는 것이 아니라 그의 마음을 배워야 합니다. 그가 살아온 삶의 길을 그대로 걷는 것이 아니라 그 길고 지난한 길을 걸어온 그의 자유로운 마음과 만나야 합니다.

새로운 정보의 습득이 어느 때보다 빠르고 쉬운 요즘, 오히려 교육이 지닌 진정한 풍경은 크게 변질되었습니다. 어딘가에서 성공한 사람들의 이야기가 나오면 모두가 그 길을 따라서 걷습니다. 하지만 성공한 스토리를 그대로 쫓아가면 실패할 가능성은 이미 100%입니다. 그곳을 향한 경쟁이 벌써 치열해져, 그 길은 이미 많은 사람들이 걷고 있기 때문일 것입니다. 윤효간 같은 사람에게 배워야 할 점은, 자신이 처음 길을 걷기 시작했을 때는 아무도 그 길을 걷고 있지 않았지만 그럼에도 그 길을 끝까지 걸어갔다는 바로 그 점입니다. 마지막까지 자신만의 색을 고집한 점입니다. 그것이 윤효간다움입니다.

고집스럽게 자신의 색을 지키는 사람은 위대합니다. 그러나 더 위대한 사람은 자신의 색을 타인에게 강요하지 않는 유연한 사람입니다. 자신의 색을 타인에게 강요하는 것도 일종의 폭력입니다. 모두가 저마다의 색을 지니고 살아가는 풍경이 가장 아름답습니다. 선생님이 아이들을 가르칠 때 가져야 할 마음이 바로 그 유연함입니다. 이미 만들어진 색을 아이들에게 강요할 것이 아니라 아이들이 자신만의 색을 만들면서 스스로의 삶을 살아가도록 격려해야 합니다. 나아가 서로 다른 색깔이 만나서 새롭게 채워가는 아름다운 '사이'의 조화를 가르쳐야 합니다. '나'의 색을 '너'에게 강요하는 것이 아니라 서로 다른 색이 만나 또 다른 색을 창조하는 법을 가르쳐야 합니다. 그 과정을 통해 교육은 지식이나 기술이 아니라 철학으로 성숙합니다. 그것이 우리가 윤효간을 읽으면서 진심로 배워야 할 마음입니다.

마음과 마음이 만나는 시간

누군가를, 아니면 무엇인가를 기다리는 일은 가슴 설레는 일이다. 선생님들을 기다리는 학생들의 마음은 어떨지 궁금하다. 수업시간을 앞둔 선생님들의 생각도 궁금하다. 학생들이 수업시간과 선생님을 기다리는 마음과, 선생님이 아이들과 수업시간을 기다리는 마음이 같을 수도 있지만, 전혀 다를 수도 있을 것이다. 그랬으면 좋겠다. 새롭게 만날 그 누군가도 너를 기다리는 마음이었으면 참 좋겠다.

_대구시교육청 초등 K장학사 수업보고서에서

곳곳에서 한국교육이 문제라고 한탄하는 소리가 들립니다. 학교폭력이니 성적비관이니 하면서 학교가 왜 이 지경에 이르렀냐고 입에 거품을 물다가도 수학능력시험 듣기평가가 실시되는 시간에는 비행기조차 침묵합니다. 분명 어디엔가 문제가 있음에도 불구하고 구체적으로 무엇이 문제인지에 대해서는 사회적 합의가 이루어지지 않습니다. '입시 위주', '경쟁 체제', '공교육 붕괴' 등의 상투어들이 남발되지만, 역설적으로 그 프레임에 갇힌 채 새로운 방향을 제시하지 못합니다. 그러면 어디에서 시작해야 할까요?

하루에도 몇 번씩 정책에 대한 고민을 합니다. 어떤 정책을 펼치느냐도 중요하지만 정작 내 고민의 대부분은 어떻게 할 것인가에 집중됩니다. 물론 나는 세상을 바꿀 만한 능력도, 세상을 바꿀 수 있다는 확신도 지니지 못한 보잘것없는 사람입니다. '전문직이 되고서도 넌 아직 교사의 틀을 깨지 못했다'는 말을 많이 듣습니다. 정책을 만드는 일도, 정책을 실행하는 일도 사실은 학교와 학생을 위해 하는 것이 아닐까요? 그럼으로써 '아직도 선생님'이라는 말을 들을 때 나는 오히려 행복합니다. 하지만 전문직은 정책에 대해서도 고민을 해야 하는 자리입니다. 그 경계선을 적절히 지키기가 쉽지는 않습니다. 학교마다, 교사마다, 학생마다 정책과 생각이 다르기 때문에 모두를 만족시킬 수 있는 정책을 만드는 것은 불가능할지도 모릅니다.

그런 점에서 K장학사의 글은 무척 감동적이었습니다. 우연히 접한 30쪽쯤 되는 그의 수업보고서는 나 자신을 돌아볼 수 있게 했고 부끄러움을 느끼게 했습니다. 해마다 교육정책은 변합니다. 물론 정책이 달라지는 것 자체가 문제되지는 않습니다. 시대가 달라지면 그 시대정신에 따라 교육의 방법과 목표도 달라질 수 있기 때문입니다. 그럼에도 교육이 기본적으로 교사와 학생의 소통 속에서 이루어진다는 것은 결코 변할 수 없는 진리입니다. 교사와 학생의 소통이 이루어지는 공간이 바로 학교이며 결국 정책의 가장 중요한 방향은 수업에 맞춰져야 합니다. 선생님들이 아이들에게 주고자 하는 마음과 아이들이 선생님을 기다리는 마음이 만나는 시간이 바로 수업이기 때문입니다.

교육은 아이들과의 소통 속에서 이루어집니다. 소통의 방식은 교사와 학생에 따라 매우 다릅니다. 정책을 만드는 사람이 해야 할 일은 큰 틀의 제시일 뿐, 사소한 소통까지 통제하려 해서는 안 됩니다. 창의성이 중요하다고 창의성 교과서가 나오고, 인성이 중요하니까 인성 교과서가 개발되었습니다. 최근에는 행복 교과서도 나왔습니다. 전적으로 본말이 전도된 교육 풍경이지요. 창의성도, 인성도, 행복도 아이들의 마음속에 존재합니다. 아름다운 틀을 만들어 아이들에게 제시하는 것도 바람직하지만, 그것이 또다른 강요와 부담으로 여겨지면 아무런 창의성도, 인성도, 행복도 보장하지 못합니다. 교과서는 지금의 교과서로도 충분합니다. 교육 과정에 충실하면 그 속에는 창의성도, 인성도, 행복도 존재합니다.

교과서가 프레임이라면 교과서에 담긴 마음과 방법을 자유롭게 재구성하여 활용하는 것은 교사와 아이들의 몫입니다. 교과서는 재료이지 목표 그 자체가 아니기 때문입니다. 정해진 틀로 다가가는 순간, 아이들은 다가오는 모든 것을 부담으로 생각하고 멀리합니다. 문제를 해결하려면 기본적으로 기성의 권위에 기대야 하지만 그래도 해결되지 않는 매듭은 스스로 풀어야 한다는 깨달음, 나아가 그것을 풀기 위해 상상의 지평을 확장해나가야 한다는 거기에 정책의 출발점이 존재합니다.

타인의 욕망에서 벗어나기

욕망이라는 단어가 우리를 지배하고 있습니다. 당연히 우리는 무엇인가를 욕망하며 살아갑니다. 어쩌면 그 욕망이라는 것을 통해 삶의 의미를 찾아가는 것일지도 모릅니다. 권력과 명예를 욕망하기도 하고, 자본과 사랑을 욕망하기도 합니다. 무엇을 욕망하든 간에 욕망 그 자체는 비난의 대상이 아닙니다. 또한 그것이 타인에게 피해를 주지 않는다면 문제가 되지 않습니다. 하지만 세상살이가 그리 단순하지는 않습니다. 나의 욕망이 타인에게 피해를 주는 경우도 많습니다. 내가 얻은 만큼 타인은 잃어야 하는 경우가 아주 흔하니까요. 그런 욕망은 사회적 격차나 갈등의 본질적인 원인이 되기도 합니다.

그럼에도 권력이든, 명예든, 자본이든, 사랑이든 그것이 나의 내면적 욕망에서 나온 것이라면 어느 정도는 수용할 수 있습니다. 문제가 되는 욕망은 자기만족적인 욕망이 아닌 타자지향적인 욕망입니다. 나만의 행복이 아닌 타인의 눈에 비치는 나의 행복 말입니다. 부모들은 자녀에게 자신의 욕망을 투영시킵니다. 초등학교 아이들이 지닌 욕망은 대체로 부모들의 것입니다. 아이들은 부모가 지닌 욕망을 충족시키기 위해 최선을 다합니다. 문제는 그렇게 사는 것이 지속되면 아이는 자기 나름의 욕망이 무엇인지 생각할 여유를 가지지 못합니다. 나는 나인데 내가 없는 것입니다. 욕망이 그렇게 흘러가면 어른이 되어서도 타인의 시선에만 민감하게 반응합니다. 그 시선은 대체로 나의 내면까지 들어오지 못하고 외부에 머물게 되는 것이지요. 그러다 보니 자신에게 유용한 선택보다는 타인들이 일반적으로 인정하는 유용성에 집착하게 됩니다. '캐나다 구스'라는 생경한 단어가 회자된 적이 있습니다. 극한의 추위를 막아준다는 명분 아래 점퍼 하나가 100만 원을 넘어섭니다. 신기한 것은 매장에 점퍼가 없어서 못 살 지경까지 이르렀다는 사실입니다. 이러한 현상은 나의 유용성이 아닙니다. 자크 라캉의 말처럼 타인의 욕망을 욕망한 것이지요. 주변을 한번 둘러보세요. 대부분의 욕망이 그렇게 이루어지고 있지 않나요? 고귀한 명예조차도 타인의 욕망에 의존하고 있지 않나요? 이제 나의 유용성을 위한 나의 욕망을 찾아야 합니다. 그것이 내가 행복해질 수 있는 길입니다.

지금 우리 사회는 욕망이라는 연료를 들이붓고는 대립과 경쟁이라는 두 개의 바퀴를 달고 성공이라는 목적지를 향해 달려가는 기관차입니다. 대립과 경쟁은 필연적으로 패배자를 만들어냅니다. 성공하더라도 그 시스템에서 자유로울 수는 없습니다. 이러한 시스템은 개인의 욕망을 만족시키지도 못할뿐더러 궁극적으로는 모두가 성공할 수도 없는 시스템입니다. 살아 있을 때는 살아남기 위해, '적당히'로는 결코 오늘을 이겨나갈 수 없는 시스템, 같은 트랙만을 끊임없이 도는 경주. 이제는 말할 수 있어야 합니다. '성공'이라는 목적지를 향해 모두가 달려가는 열차에 타고 있다면 그 열차에서 뛰어내리는 용기도 가르쳐야 합니다. 말을 달리다가도 때때로 잠시 내려서 자신의 영혼이 따라오는지 살피며 기다리는 아메리칸 인디언처럼, 설국열차의 닫힌 문을 열고 언 땅에 내려선 요나처럼 새로운 세상을 만들어가는 실천적인 용기도 가르쳐야 합니다. 그 역할의 출발이 선생님이면 좋겠습니다. 그러기 위해서는 시스템이 제공한 욕망에서 선생님들부터 자유로워질 필요가 있습니다. 자신이 바라보는 아이들의 행복이 자신의 행복으로 귀결된다면, 그것이 선생님들의 본질적인 욕망으로 자리잡는다면 그것이 가능할 수 있습니다. 둘러보세요. 많은 선생님들이 그렇게 살아왔고 지금도 그렇게 살아가고 있습니다.

행복의 조건

어떤 사회에서든 담론의 생산을 통제하고, 선별하고, 조직화하고, 나아가 재분배하는 일련의 과정들—담론의 힘들과 위험들을 추방하고, 담론의 우연한 사건을 지배하고, 담론의 무거운, 위험한 물질성을 피해 가는 역할을 하는 과정들이 존재한다.

_미셸 푸코, 이정우 역, 『담론의 질서』에서

'지금 불행하다'는 생각이 우리에게 점차 내면화되고 있습니다. 부모가 행복을 누리지 못하는 상황에서 아이가 행복을 인식하기란 쉽지 않다는 걸 고려한다면 다음 세대까지 대물림될 가능성도 있습니다. 이미 인간의 내면에까지 침투한 불행의 조건들은 쉽게 사라지지 않을 것입니다. 그 조건들은 개인적인 것이 아니라 사회적 제도 속에 이미 존재하기 때문입니다. 나아가 개인들은 사회적 조건들을 극복할 수 없다는 무력감 속에서 살아가고 있습니다. 온갖 담론들이 나타나 이러한 현상을 부채질합니다. 사실은 불행의 조건들을 해소하기보다는 오히려 조장해서 자신의 이익을 챙기려는 사람들이 대한민국에는 아주 많습니다. 압도적으로 큰 힘을 가진 사람들이 불행의 조건을 만드는 사람들일 가능성이 높다는 말이지요.

먼저 새로운 담론discourse이 필요합니다. 담론을 생산해야 합니다. 담론은 세상이 지금 어떤 모습인가를 드러내는 진술체계a system of statements입니다. '지금, 여기'를 명확하게 드러내는 명제를 찾는 것입니다. '우리는 행복한가, 불행한가?'에 대한 근본적인 판단이 그것입니다. 변화는 바로 거기에서 시작됩니다. 현재를 진단하지 못하고 미래를 기획하기는 쉽지 않습니다. 아니, 불가능합니다. 그러한 고민을 담론으로 창조해야 합니다. 담론으로 만들어내지 못하면 전반적인 변화는 어렵습니다. 지금처럼 살아가야 합니다. 기존 담론이 지배적인 영향력을 발휘하고 있어 그 담론으로 인해 '지금, 여기'의 내가, 우리가 행복하다면 문제가 되지 않겠지만, 지금 내가, 우리가 불행하다면 기존 담론에 대한 반성과 비판이 필요합니다. 일종의 대응담론counter-discourse이 될 수도 있겠지요. 그것을 만들어내는 것이 아이들과 민족의 미래를 가꾸어나갈 교육 담당자들의 의무이겠습니다.

그러면 새로운 담론은 어떻게 만들어야 할까요? 기본으로 돌아가는 것입니다. 연암 박지원은 이런 말을 했습니다. '시비是非와 이해利害의 두 저울이 있고, 행동에는 네 가지 결과가 나온다. 옳은 일을 해서 좋게 되는 경우, 옳은 일을 해서 해롭게 되는 경우, 나쁜 짓을 해서 이익을 보는 경우, 나쁜 짓을 해서 해롭게 되는 경우. 첫째와 넷째는 문제가 없다. 문제가 되는 것은 둘째와 셋째의 선택이다'라고. 지난날 우리가 지금보다 풍요롭지 않아도 행복할 수 있었던 것은 최소한 옳은 일을 하면 좋은 결과가 오고, 나쁜 짓을 하면 해롭게 됨을 믿었던 시대에 살았기 때문입니다. '권선징악勸善懲惡', '사필귀정事必歸正'을 진리라고 믿었기 때문입니다. 그런데 현재 우리의 삶은 그렇지 않은 것 같습니다. 옳은 일을 하고도 불행하게 사는 사람이 사방에 널렸고, 나쁜 짓을 하고도 이익을 보는 경우도 아주 많습니다. 그러다보니 수단과 방법을 가리지 않고 이기는 사람은 현명하고, 옳은 일을 하다 손해보는 사람은 바보라고 말합니다. 지난날 우리 부모 세대는 지금보다 훨씬 힘들게 살면서도 착하게 살 것을 강조했습니다. 최근에는 가정에서조차 '착하게 살아라'라는 말을 듣기가 쉽지 않습니다. 불행은 거기에서 시작됩니다. 옳은 일을 하다 손해보는 사람도 불행하고 나쁜 짓을 해서 이익을 보는 사람도 내면적으로는 행복하지 않습니다. 결국 우리 사회가 행복해지기 위해서는 옳은 일을 하는 사람이 이익을 얻고, 나쁜 짓을 하면 벌을 받는 그런 사회를 만드는 것입니다. 그 일을 교육이 해야 하는 것입니다. 그렇게 하는 것이 아름다운 사회, 바람직한 역사를 만드는 것이라고 교육이 말할 수 있어야 합니다.

애들이 그래요,
'독종'이라고

애들이 그래요. 학원에 다니지 않고 공부 못하는 것은 당연한 거고,
학원에 다니지 않고 공부 잘하는 것은 '독종'이라고.

_EBS 지식채널, 〈공부하는 아이〉 자막 부분

2006년, 논술 광풍이 불었습니다. 교육의 틀을 바꾸어야 한다는 명분 아래 정책과 언론이 손을 잡은 듯 틀을 좌지우지했습니다. 이것은 한국교육만이 지닌 슬픈 풍경입니다. 교육은 유행이 아닙니다. 천천히, 소리 없이 아이들과 더불어 걸어가는 지난한 길의 연속입니다. 정책에 의해 광풍이 일어나는 특이한 경우도 있지만, 정책의 뒤를 따라다니는 언론과 사교육시장이 분위기를 조장합니다. 거기에 학부모들의 과도한 교육열, 그것을 따르지 못하는 학교교육의 느긋함이 모두 한 원인이기도 합니다. 광풍이 일어나면 반드시 부작용이 따릅니다. 그 요소가 창의성이든, 인성이든, 성적이든 교육현장에 광풍이 불면 이미 교육이 지닌 본질적 의미는 저만치 떠밀려 온데간데없이 사라집니다.

어느 초등학교 4학년 교실의 풍경. 교실 뒤 게시판에 '존중, 책임, 협동, 사랑, 감사, 용기'라는 글귀가 새겨져 있었습니다. 학교 교실에서 이루어져야 하는 교육의 본질이 모두 담겨 있습니다. 하지만 '성적'이라는 단어가 나타나면 모든 것이 차순위로 밀립니다. 그것이 현실입니다. 아이들도, 학부모들도 '성적' 앞에는 무력합니다. 그 무력과 불안 사이에 사교육이 비집고 들어갈 틈이 생깁니다. 학원에 다니지 않고 공부를 잘하는 것이 '독종'이 되는 이상한 시대.

〈EBS 지식채널e〉에서 '2007 대한민국에서 초딩으로 산다는 것'이라는 영상을 본 적이 있습니다. 초등학생 10명 중 9명이 과외를 받고, 과외 과목은 평균 3.13개이며, 하루 평균 과외 시간이 2시간 36분, 5시간 이상이 58%가 넘는다는 설문 결과가 나옵니다. 아이들은 이유 없이 아플 때가 많으며 매일 불안에 떨고 있습니다. 10명 중 7명이 학교에 가기 싫다고 했는데, 그 이유가 이미 다 배운 내용을 공부하기 때문이라는 것이 황당했습니다. 서울 강남의 한 초등학교 교사는 '한번은 수업중에 아이들이 갸우뚱한 표정을 짓는 거예요. 그러더니 왜 그렇게 어렵게 가르쳐주세요? 그냥 공식만 알려주세요' 하는 아이들의 목소리를 전했습니다. 가출 충동을 느껴본 학생이 53.3%, 자살 욕구를 경험한 아이가 27%나 되었습니다. 늘 100점을 맞지 못해 아파트 12층에서 뛰어내리고 싶다는 초등학교 2학년 아이의 목소리에 가슴이 아팠습니다. 결국 초등학교 한 아이가 성적문제 때문에 자살하는 영상이 나옵니다. 도대체 어디까지 가야 이런 무한질주를 멈출 수 있을까요?

성적에 매달려 초등학생 시기를 보내고 국제중학교 입학, 특목고 졸업 후 서울대와 미국 유학을 마친, 소위 엘리트 코스를 밟아온 서른 살 젊은이를 인천공항에서 인터뷰했다고 합시다. '당신, 행복했느냐?'고. 과연 어떻게 대답했을까요? 나름대로 긍정적인 삶을 살았다고 대답하는 사람도 있을 테지만, 그렇지 않다고 대답하는 경우가 많을 것입니다. 앞만, 위만 보고 걸어온 그에게 미래는 여전히 불안할 것이며, 특히 30년 가까운 시간을 자기 의지와 관계없이 고스란히 빼앗겨버린 자화상에 대해 어떻게 생각하고 있을까요?

삶은 결과만 중요한 것이 아닙니다. 과정도 중요합니다. 특히 서른 살까지의 시간은 우리의 삶에서 가장 아름다운 시간일 수도 있습니다. 앞과 위만 보고 살아가는 삶이 반드시 행복한 것일까요? 그렇게 살아야만 성공적인 삶을 살 수 있다는 잣대가 한없이 씁쓸했습니다.

'성적'은 중요합니다. 하지만 '성적'은 소위 '존중, 책임, 협동, 사랑, 감사, 용기' 등과 관련된 교육과 함께 가야 합니다. 방법은 오히려 단순합니다. 평가로 모든 것을 판단하는 사람들의 인식 구조를 바꿀 수 없다면 평가의 과정과 조건을 달리해야 합니다. 나아가 인재의 의미도 바꾸어야 합니다. 미래의 인재는 단순히 지식이 많은 사람이 아닙니다. 유·무형으로 떠도는 무한한 지식 중에서 의미 있는 지식을 선택하고 자신만의 지식으로 만들면서 통합하고 재창조하는 사람이 미래 인재입니다. 인재를 만드는 것이 교육의 현실적 목표라면 '무엇을' '어떻게' 가르칠 것인가에 대한 질문은 현시점에서 반드시 필요합니다. 그 대답은 가까이에 있습니다.

경쟁은 해롭다

새 학기가 시작되었으니, 넌 우정이라는 그럴듯한 명분으로 친구들과 어울리는 시간이 많아질 거야. 그럴 때마다 네가 계획한 공부는 하루 이틀 뒤로 밀리겠지. 근데 어쩌지? 수능 날짜는 뒤로 밀리지 않아. 벌써부터 흔들리지 마. 친구는 너의 공부를 대신해주지 않아. 아브라카타브라. 기적은 반드시 일어나.

_어느 사설 교육업체의 광고 문구

포털과 SNS를 가득 채웠던 유명 사설 교육업체의 광고 문구를 읽었습니다. 학교교육을 담당하고 있는 사람으로서 부끄러움과 당혹감에 무척 씁쓸했습니다. 뉴스를 접한 사람들의 반응은 다양했습니다. '교육의 실상을 그대로 드러내었다'는 비판적인 반응이 주류를 이루었지만, '알고 있는 사실인데 뭘 새삼스럽게'라는 반응도 제법 많았습니다. 비판의 목소리가 강했지만 사설 교육업체는 '새 학기가 됐으니 열심히 공부하자는 메시지를 전달하는 과정에서 10대들에게 가장 와 닿는 소재인 친구를 차용했다. 캠페인 광고인 만큼 속뜻을 이해해주기 바란다'는 입장을 고수했습니다. 최근 언론에서는 '방과후 전 과목 끝장반. 집에서는 잠만 재우십시오', '영어올인반, 수학올인반, 죽을 때까지 시킵니다', '도전하십시오. 지옥훈련반, 수학귀신반' 등의 광고 문구도 소개되었습니다. 궁극적인 의미야 어떻든, 이런 현상의 이면에는 정글의 법칙에서 아이들이 결코 벗어날 수 없는 현실이 담겨 있습니다.

2011년 한국청소년정책연구원의 분석보고서에는 한국 청소년의 '사회적 상호작용 역량 지표'가 36개 나라 중에서 35위라는 내용이 들어 있습니다. 과정은 상관없이 결과만을 위해 무조건 앞으로, 위로 걸어가야 하는 교육 풍경이 낳은 비극적인 결과입니다. '사회적 상호작용 역량'이란 말 그대로 사람과 사람 사이의 관계 역량을 말합니다. 나를 제외한 타인이 나의 경쟁상대로만 존재할 때 '사회적 상호작용 역량'은 결코 성장하지 않습니다. 살아오면서 깨달은 가장 소중한 진실은 이 세상을 나 혼자 살아가는 것은 결코 아니라는 사실입니다. 행복은 미래를 꿈꾸는 거기에도 존재하지만, 현재를 즐기는 거기에 더 많은 부분이 존재한다는 사실도 알았습니다. 공감해주는 사람 없이 홀로 아무리 큰 성공을 이룬다 한들, 그건 '외로운 성공'입니다. 그런 점에서 '우정이라는 그럴듯한 명분으로 친구들과 어울리는 시간'을 부정한 광고 문구는 그들의 해명에도 불구하고 아주 위험한 말입니다.

한동안 핀란드 교육 열풍이 불었습니다. 교육도 하나의 문화 현상이라면, 전혀 다른 문화적 풍토 속에서 무조건 한 방향으로만 몰입하는 것도 어리석은 일입니다. 정책은 언제나 이상과 현실의 경계선에 존재합니다. 교육철학과 교육현실이 상보적인 의미를 지녀야 한다는 말입니다. 핀란드 교육방식을 따르면 경쟁에서도 이길 수 있다는 생각보다는, 그로 인해 아이들이 행복한 시간을 누릴 수 있겠는가 하는 방향으로 논의가 진행되어야 합니다. 그런 점에서 지난 3월 18일 방한한 피터 존슨 핀란드 교장협의회 회장의 말이 흥미로웠습니다. 그는 "경쟁은 교육에 해롭다"고 단언했습니다. 핀란드가 세계적으로 손꼽히는 교육 선진국이 된 것은 경쟁이 아닌 협력을 강화한 결과라는 것입니다. 그는 "다양성은 매우 중요한 개념이다. 하지만 그것은 '학교의 다양화'가 아닌 '학습의 다양화'로 구현되어야 한다"고 말했습니다.

우리는 공동체 속에 살고 있습니다. 공동체는 공동의 문제를 자신의 문제로 인식하는 개인들을 통해 성립됩니다. 개인들이 공동체의 문제를 자신의 문제로 인식하지 못하면 공동체는 재생산에 실패하고, 파편화된 개인들만 남습니다. 위 광고가 지닌 가장 큰 폐단은 바로 그 문제를 외면하고 있는 점입니다. '사교육걱정없는세상'이라는 단체에서 광고를 패러디했습니다.

'새 학기가 시작되었으니 넌 성적이라는 어쩔 수 없는 명분으로 학원가를 헤매는 시간이 많아질 거야. 그럴 때마다 너의 우정은 하루하루 서랍 속에서 흐려지겠지. 근데 어쩌지? 우정 없이 최고가 된들 성적이 너의 우정을 대신해주지는 않아. 벌써부터 흔들리지 마. 어른들은 너의 우정을 만들어주지 않아. 아브라카타브라. 기적은 반드시 일어나. 나는 너의 우정을 믿어.'

질문을 공유하는 공동체

어느 강연에서 '질문을 공유하는 공동체'와 관련된 발표를 한 다음 제법 많은 질문을 받았습니다. '뭐야? 좋은 말 같은데, 그게 뭔데?', '질문을 공유하는 건 자유로운 개인이나 가능하지 조직에서는 불가능할 텐데? 학교도 조직이잖아.' 대부분 이와 비슷한 내용이었는데, 질문에 대한 내 답변은 대체로 '내 표현이 부족했던 모양입니다. 있는 그대로 이해해줬으면 해요'에 그쳤습니다.

사실 '질문을 공유하는 공동체'는 내가 오래전부터 꿈꿔왔고 앞으로도 계속해서 꿈꿀 사회입니다. 만약에 내가 전문직에 종사하지 않았다면 그와 유사한 교육 공동체를 만들어 생활하고 있을지도 모르겠습니다. 우리나라에서 개인이 학교 수준의 교육 과정을 꾸리는 것은 쉽지 않습니다. 학교 수준의 자율적인 교육 과정을 꾸릴 만한 현장 전문가도 부족할뿐더러 아직은 교육 과정을 운영할 수 있는 다양한 자원도 부족한 편입니다. 학교 수준의 교육 과정을 표방하고 시작된 '2009 개정 교육 과정'이 여전히 교육부의 지침을 형식적으로 수용하는 선에 머물고 있는 것만 봐도 알 수 있습니다.

우리가 관심을 둬야 할 것은 학교 수준의 교육 과정을 넘어 지역 수준의 교육 과정을 만드는 일입니다. 지역, 특히 마을이 중심이 되는 열린 교육 과정 말입니다. 그 일을 실천하고 싶었습니다. 지난날, 선생님들과 팀을 꾸리고 학교에서 학부모들을 만나면서 그들을 교육 주체로 유도하고자 하는 노력을 기울였습니다. 그때의 느낌이 그대로 이어져 지금의 토론학부모지원단, 책쓰기학부모지원단을 운영하는 바탕이 되었습니다. 그 길을 버리고 전문직으로 들어온 것은 선생님이라는 오래된 꿈을, 학교라는 아름다운 제도를 사랑한 내 영혼의 본질적인 부름 때문이었던 것 같습니다. 좀 거창하게 말하면 '질문을 공유하는 공동체'를 대표하는 장소는 학교가, 대표하는 사람은 선생님과 학생이었으면 했습니다. 그것이 곧 교육이 미래를 대비할 수 있는 유일한 방법이라고 믿고 있었습니다.

공동체는 사람들이 모여 하나의 유기체를 이루고 목표나 삶을 공유하면서 공존할 때의 그 조직을 일컫는 말이며, 단순한 결속보다는 질적으로 더 강하고 깊은 관계를 형성하는 조직이라는 것이 사전적 정의입니다. 공동체는 상호의무감, 정서적 유대, 공통의 이해관계와 공유된 이해력을 바탕으로 한 사회적 관계망을 핵심내용으로 합니다. 결국 공동체를 말하는 순간, 이미 얼마간의 일체성, 동질성을 내포합니다. 하지만 이러한 일체성과 동질성을 지나치게 강조하면 공동체는 스스로 무너지거나 공동체가 구성원들을 억압하게 되기도 합니다. 결국 공동체를 유지해가는 가장 중요한 조건은 바로 차이에 대한 인식입니다. 차이를 인식하지 않는 공동체가 '해답을 공유하는 공동체'입니다. 그러나 구성원들의 차이를 인식하고 오히려 그 차이를 중시하는 것이 '질문을 공유하는 공동체'입니다. '질문'은 현재에 대한 분석을 통해 나타난 의문이며, 공동체가 공유하는 문제의식입니다. '해답'을 공유하면 갈등이 없을 것 같지만 그렇지 않습니다. 구성원들 사이에도 소통 부재에 따른 갈등이 나타나겠지만 구성원을 넘어선 다른 공동체와 만나기는 특히 어렵습니다.

'질문의 공유'는 과정이나 방법의 차이를 인정하는 데서 출발합니다. 거기에 아주 다양한 '해답'이 존재할 수 있는 공간이 마련됩니다. 현재 우리 교육의 가장 대표적인 논쟁은 '경쟁이냐? 협력이냐?' 하는 것입니다. '경쟁이 중요하다'나 '협력이 중요하다'는 해답은 서로 만나기가 어렵습니다. 그래도 '경쟁이냐? 협력이냐?' 하는 문제는 여전히 현재적 의미를 지닙니다. 경쟁과 협력은 대립적인 개념이라기보다 상보적인 의미를 지닐 수도 있기 때문입니다.

현실을 인정한다고
현실에 동의하는 건 아니다

『초등 4학년부터 시작해야 SKY 간다』, 『명문대가 좋아하는 포트폴리오는 따로 있다』, 『명문대 가는 중학생 공부 비법』, 『명문대 포트폴리오』, 『주말활동이 명문대를 결정한다』, 『명문대 합격생 100인의 공부 비결』 등은 최근에 나온 소위 명문대 진학 관련 책들입니다. 요즘 유행하는 말로 표현하면 '놀랍다'입니다. 그래도 독자가 있으니 이런 책이 나오는 것이겠지요. '우정파괴' 광고로 비판의 대상이 되었던 사교육 업체의 입시설명회는 대성황을 이뤘습니다. 대한민국에서 전혀 특별하지 않은 일상적인 풍경입니다. 학교교육의 틀 안에서조차 이런 풍경은 일상입니다. 결국 우리나라의 교육 문제란 실상 '대입 문제'입니다.

"조금만 참아라. 대학생이 되면 연애도 하고 친구들과 마음대로 놀아도 되잖아"라고 어른들은 지속적으로 강조합니다. 지금의 자기 삶에 충실하라는 의미겠지만, 한때 이슈가 됐던 고려대 김예슬 학생이 쓴 '오늘 나는 대학을 그만둔다. 아니, 거부한다!'라는 제목의 대자보에서 보듯이 대학생이 된다 하더라도, 그것도 명문대에 진학한다 하더라도 결코 그런 시간이 온전하게 다가오지는 않습니다. 학점을 잘 받으려면 서로 경쟁해야 되고 좁은 취직 문을 통과하기 위해서 또 경쟁해야 합니다. 높은 등록금과 생활비에 시달리면서 공부를 병행해야 합니다. 고3을 겨우 버텨낸다 해도 더 지독한 경쟁이 아이들을 기다리고 있는 셈입니다.

우리는 고등학생들을 대상으로 의미 있는 토론시간을 가졌습니다. 주제는 '명문대 진학은 성공을 위해 반드시 필요하다'였습니다. 현장에서 토론과정을 흥미롭게 지켜보았습니다. 찬반으로 나누어 토론을 진행했는데, 지도교사조차 찬성보다는 반대하는 학생들의 주장이 우세할 것이라 예상하고 토론 경험이 많은 학생들을 찬성측에 배치했습니다. 토론은 아주 뜨겁게 진행되었지요. 그런데 예상과는 달랐습니다. 토론이 진행될수록 오히려 반대측 주장이 힘을 잃기 시작한 것이지요. 아이들을 둘러싸고 있는 현실의 힘은 아주 강했습니다. 승패를 결정하는 토론은 아니었지만 결국 찬성측의 완승 분위기로 끝났습니다. 예상하지 못한 결과에 교사도 당황했습니다.

하지만 아이들의 진실은 토론에서 나타난 마음과는 달랐습니다. 토론이 끝난 다음, 긴장했던 마음도 풀 겸 자기 생각을 자유롭게 표현하도록 했습니다.(어울토론에서는 이러한 과정을 '우리 토론 이야기'라고 부릅니다.) '경쟁이 너무 힘들다', '부모님의 기대에 어깨가 너무 무겁다', '기대에 부응하지 못해 부모님께 너무 죄송하다'는 말을 하면서 교실은 결국 울음바다로 변했고, '사회적인 구조가 명문대 진학을 하지 않더라도 행복을 보장하는 방향으로 변했으면 좋겠다'는 말이 뒤이어 나왔습니다. '그러면 왜 토론에서는 그런 주장을 하지 않았느냐?'는 지적에, '그래봤자 변하지 않으니까요. 그게 현실이니까요' 하면서 울음을 삼켰습니다. 아이들도 울고, 교사도 울었습니다.

이런 아이들의 속마음은 피할 수 있는 것도 아니고, 피해서도 안 됩니다. 아이들이 현실을 인정한다고 해서 그 현실에 동의한 것은 결코 아닙니다. 아이들은 어른보다 먼저 자신들을 억압하고 있는 것이 무엇인지를 찾아냅니다. 접속의 방법은 하나입니다. 교육정책을 이끌고 있는 사람들이 시대 변화를 먼저 알아차려야 합니다. 교육은 미래를 위한 투자입니다. 내가 그렇게 했으니 너희들도 그렇게 하라고 강요해서는 안 됩니다. 아이들은 다른 시대를 살아야 할 주인공이기 때문입니다. 그렇다고 해서 무조건 경쟁은 배제해야 한다는 주장도 의미가 없습니다. 오히려 누가, 언제, 어떻게, 무엇을 위해 경쟁하느냐는 본질적인 질문을 던져야 합니다. 그것이 오늘날의 교육 풍경이 우리에게 던지는 질문입니다.

4부

모두가 어울려 꾸는 꿈

함께 꾸는 꿈은 현실이 된다

대구에서 토론 관련 교육이 이루어진 것도 꽤 오래입니다. 몇몇 선생님들은 열악한 교육환경 속에서도 토론교육의 정착을 위해 많은 노력을 기울여왔습니다. 통합교과논술 바람으로 인해 한동안 다소 활성화되는 느낌도 있었습니다. 하지만 수학능력시험으로 대변되는 입시정책에서 토론은 언제나 뒤로 밀렸고, 힘들게 학교 현장에서 토론교육을 진행하던 선생님들도 점점 지치기 시작했습니다. 그러던 2011년 9월, '디베이트 중심도시 대구 만들기 프로젝트'라는 다소 거창한 이름 아래 토론 관련 사업이 시작되었습니다. 3년 정도 지난 현재, 외형적으로는 600여 개의 토론 동아리가 학교 현장에 조직되어 토론 관련 활동이 이루어지고, 주말에는 지역의 학교들이 모여 캠프나 리그를 진행하고 있으니 그런대로 정착을 한 셈입니다.

하지만 정책이 시작된 시기에는 많은 문제점들이 드러났습니다. 토요일마다 이루어지는 디베이트 교육으로 교사들의 업무 부담이 늘어 관련 교사들의 원성을 사기도 했습니다. 정책 진행의 속도가 빠르다보니 적응하지 못한 학교 현장이 혼란스럽다는 소리, 골목마다 디베이트 관련 광고지가 붙을 정도로 사교육의 유혹이 만만치 않다는 소식도 들렸습니다. 좋은 정책이 분명함에도 불구하고 이런 목소리들이 정책의 발목을 붙들었습니다. 문제는 오히려 더 본질적인 면에 있었습니다. 바로 디베이트가 지닌 찬반 대립과 승패 결정으로 인해 오히려 경쟁을 유발한다는 비판이 그것이었습니다. 흥미에서 시작하여 대결과 승패를 지나 배려와 나눔을 위한 소통이라는 궁극적 목표에 도달하기도 전에 승패에만 집착한다는 것이었습니다.

얼마 전에 만났던 코리아스픽스 이병덕 이사는 '토론의 본질은 이기는 것이 아니라 서로 의견을 나누고 다양한 생각들을 모아가는 과정'이라고 말했습니다. 결국 디베이트 교사지원단 소속 선생님들은 드러난 문제점을 보완할 수 있는 교육 프로그램의 개발과 더불어 학교 현장 선생님들과의 소통을 위해서도 최선을 다했습니다. 기존의 디베이트 포맷을 받아들이면서도 교육적 부작용을 최소화할 수 있는 방안을 찾기 위함이었습니다. 가장 시급한 것은 디베이트 활동으로 그 형식을 익히는 것이 아니라, 자신의 생각을 능동적으로 표현하는 힘을 길러야 한다는 기본 정신으로 돌아가는 일이었습니다. 나아가 대화를 통해 서로 소통하고 배려하는 마음을 키울 수 있는 방안을 마련해야 한다는 점이었습니다.

그래서 가장 먼저 '디베이트 리그'가 아닌 '디베이트 어울마당'이라고 명칭부터 바꿨습니다. 경쟁보다는 서로 다른 생각이 어울리는 무대를 제공해야 한다는 것이 생각의 출발점이었습니다. 경쟁으로 지친 아이들에게 숙제보다는 축제에 가까운 시간과 공간을 마련해주자는 것이었지요.

다음으로 디베이트 형식에 다양한 변화를 주었습니다. 시간이나 형식에 조금씩 변화를 주면서 '디베이트 이야기'와 같은 새로운 형식을 담았습니다. 가족 디베이트, 독서 디베이트, 철학 디베이트, 사회과학 디베이트 등 다양한 어울마당을 기획했습니다. 초등학교와 중등학교의 차이도 고려하여 형식에 변화를 주었습니다. 다양성은 현대사회의 본질입니다. 형식만 앞세우는 것은 또다른 폭력입니다. 동일한 형식은 그저 대회 운영에나 필요한 조건입니다. 수단이 목적을 앞설 수는 없는 것이지요. 그러한 과정이 결국은 '어울토론'이라는 열린 토론 형태를 만드는 결과를 낳기도 했습니다.

정착하지 못한 학교 현장에 대한 지원에도 총력을 기울였습니다. 대구 디베이트 교사지원단의 홈페이지인 '디베이트 라이프(http://cafe.naver.com/debatelife)'를 통해 클럽 운영이나 캠프에 대한 무료 지원과 강의를 계속했습니다. 현장 선생님들의 작은 질문에도 진실하게 대응하면서 소통을 계속했습니다. 각 학교에서는 자연스럽게 디베이트 학교 리그나 캠프가 이루어지고, 지역 학교들이 모여 지역 리그와 캠프를 개최했습니다. 지원단 교사들은 학교 리그와 캠프는 물론이고 지역 리그와 지역 캠프에도 지원을 계속했습니다. 마음을 함께하는 학부모지원단의 도움도 아름다웠습니다. 부족한 면이 있더라도, 시끄러운 목소리들은 조금씩 사라지기 시작했습니다. 아이들의 미래를 진정으로 걱정하는 많은 선생님들의 힘이 얼마나 위대한가를 확인하는 순간이었습니다. 함께 꾸는 꿈이 현실이 되는 아름다운 순간이었습니다.

숙제와 축제는 같은 말

나는 교단에 서서 수없이 많은 말을 해왔습니다. 하지만 내가 진정으로 하고 싶은 말을 제대로 전하고나 살았는지 가끔씩 회의가 든 적도 많습니다. 나이가 들면서 오히려 말은 언제나 말을 잡아먹습니다. 말이 말을 잡아먹으면서 가슴 한켠은 늘 쓸쓸함으로 가득했습니다. 뱉어내지 못한 마음들이 속에서 소용돌이를 쳤습니다. 그게 어른들이 사는 방법이라 스스로 위로하기도 했습니다. 한번은 하고 싶은 말을 다 해버렸습니다. 그러자 말은 말이 되지 못하고 허공으로 사라졌습니다. 속이 후련할 것 같았는데 이상하게도 더 갑갑했습니다. 내 말로 인해 누군가가 아프지는 않을까 하는 생각에 마음이 더욱 쓰렸습니다. 생각을 안 했으면 좋겠지만 생각은 내 안에서 늘 살아 있었습니다.

나는 하고 싶은 것을 다 하면서 살아왔을까요? 웃기는 소리입니다. 사실 난 하고 싶은 것을 거의 못하고 살았습니다. 언제나 최선보다는 차선을 택한 삶을 살았고 그것을 최선이라 치부했습니다. 뱀의 머리 위를 걷듯 살고 싶었지만 언제나 낙엽 밟듯 시간을 견뎠습니다. 선한 눈빛이 가장 깊은 것인 줄은 알았지만 자주 화를 내고 울기도 했습니다. 그러면 내가 하지 못한 것은 진정 무엇일까요? 문득 이런 질문을 던지자 나 스스로 무척이나 난감해졌습니다. 그것이 무엇이었는지 구체적으로 떠오르지도 않았습니다. 내가 하지 못한 것은 결국 내가 선택하지 않은 것이고 그건 내 몫이 아니었던 셈입니다. 오히려 내가 하고 싶은 것을 거의 하지 못하고 살았다는 그 마음이 부끄러웠습니다. 알고 보면 삶은 나에게 거저 내준 것이 정말 많았습니다. 정말 부끄럽고도 고마운 일입니다.

2011년, 내가 생각하는 정책의 중심은 '말하기·듣기·쓰기·읽기의 통합교육을 통한 미래 인재 양성'이었습니다. 최근 유행하는 조어법을 의식해서 'RAW-D 프로젝트'라고 이름을 지었습니다. 물론 'RAW-D'는 'Reading, Arguing, Writing, Dreaming'의 줄임말입니다. 독서와 토론, 그리고 글쓰기를 통해 꿈으로 다가가는 교육을 하고 싶었습니다. 이미 진행되고 있는 'R, W, D' 교육에 'A' 교육을 추가한 것인데, 그렇게 해서 나온 것이 '디베이트 중심도시 대구 만들기' 프로젝트입니다. 읽고 쓰기 관련 정책에 대해서도 의견이 분분했지만 말하기 교육 또한 학교 현장에서 말들이 많았습니다. 모든 정책이 지니는 양면성을 모르는 바 아니지만, 특히 학교 현장의 어려움을 듣는 것은 현장에서 떠난 지 얼마 안 되는 나에게는 엄청난 무게로 다가왔습니다. 내 안에서는 매일 당위와 실제가 다투었습니다.

'삶은 숙제일까, 아니면 축제일까?'

우연히 책에서 만난 이 글귀가 며칠 동안 뇌리에서 떠나지 않았습니다. 사실 삶은 나에게는 하루에도 몇 번씩 숙제가 되었다가 축제가 되었다가를 반복합니다. 하지만 이제는 분명히 알고 있습니다. 숙제와 축제는 나를 둘러싼 사람들과 어떻게 호흡을 함께하느냐에 달려 있다는 것을. 함께 걸어주는 선생님들이 계셔서 나에게 숙제와 축제는 이미 이음동의어입니다. 축제 같은 숙제일 뿐입니다.

고마운 사람

살면서 모든 것을 털어놓아도 좋을 한 사람쯤 있어야 한다. 그 한 사람을 정하고 살아야 한다. 그 사람은 살면서 만나지기도 한다. 믿을 수 없지만 그렇게 된다. 삶은 일방통행이어서는 안 된다. 우리는 세상을 떠날 때만 일방통행이어야 한다. 살아온 분량이 어느 정도 차오르면 그걸 탈탈 털어서 누군가에게 보여야 한다. 듣건 듣지 못하건 무슨 말인지 알아듣건 알아듣지 못하건 그것도 중요하지 않다. 무조건 다 털어놓을 한 사람.

_이병률, 『바람이 분다 당신이 좋다』에서

'가족사랑 토론 어울마당'이 끝났습니다. 벌써 일주일이 지났는데 여전히 어울마당의 흔적은 곳곳에서 감동으로 남아 숨을 쉬고 있습니다. 600여 명의 토론 참가자와 100여 명의 학생 취재기자, 80여 명의 행사 진행요원, 수백 명의 관람자. 모두의 가슴에는 가족에 대한 사랑과 배려의 마음이 가득했습니다. 오전 9시부터 시작된 어울마당은 오후 6시까지 조금의 흐트러짐도 없이 웃음과 울음, 기쁨과 슬픔, 나눔과 배려 속에서 아름다운 풍경들을 남겼습니다.

어울마당 다음날부터 '디베이트 라이프 네이버카페'에는 어울마당의 감동들이 하나둘 새겨졌습니다. "디베이트 이럴 줄은 몰랐다. 가족사랑 이어주는 수호천사", "서로를 사랑하는 모습이 닮았습니다", "토론은 '경쟁'이 아닌 '협력'이고 토론은 '싸움'이 아닌 '평화'입니다", "작은 세상에 갇혀 있는 우리는 더 큰 세상을 만났고 좋은 선생님과 많은 분들을 만났습니다. 길지 않은 시간이었지만 진심을 다한 시간이었고 참 소중한 기억이 될 것 같습니다", "가슴 벅찬 하루를 선사해주신 관계자 여러분께 감사 또 감사드립니다", "어제 아빠와 함께한 디베이트, 너무 즐거웠고 잊지 못할 추억이 될 것 같아요". 멀리서 오신 다른 교육청 관계자는 "이건 행사가 아니고 거대한 드라마입니다. 우린 감히 이런 꿈을 꿀 수도 없어요"라고 푸념했습니다.

어울마당이 끝난 텅 빈 행사장. 항상 이런 일이 끝나면 아쉬움 반, 후련함 반이었습니다. 하지만 나 역시 여전히 감동 속에 시간을 보냈습니다. 그건 나를 위한 어울마당도, 너를 위한 어울마당도 아닌 우리를 위한 어울마당이어서 그랬을 것입니다. 눈물까지 보이며 고맙다는 말씀을 해주신 어머님, 고생했다며 손을 꼭 잡아주신 아버님, 정말 좋았다며 연신 인사를 하던 예쁜 눈망울의 아이들. 늦은 시간까지 행사장을 정리하는 선생님들을 보면서 내가 참 인복이 많구나 하는 생각을 했습니다. 끝까지 내 마음을 믿고 함께해주신 고마우신 분들, 모두 불러드리고 싶은 아름다운 이름들. 정말 고맙습니다, 선생님들.

대구 독서교육정책을 맡은 지 3년. 짧지만 긴 시간들이 풍경이 되어 주마등처럼 스쳐지나갔습니다. 내 좁은 시각으로 볼 수 없는 것들도 많았고, 짧은 지식으로 이해할 수 없는 일들도 많았습니다. 선생님과 장학사라는 단어가 지닌 거리만큼이나 내 속에서도 매일 당위와 실제가 싸웠습니다. 자본주의 사회에서 경쟁은 이미 전제입니다. 피할 수 없는 명제입니다. 무엇을 위해, 어떻게 경쟁하느냐 하는 문제가 있지만 이는 내 역량으로는 해결할 수 없는 문제이기도 합니다. 하지만 독서정책마저 경쟁의 영역에 포함되어서는 안 된다는 것은 나만이 아니라 많은 교육정책 담당자들이 벌써부터 고민해온 점입니다. 내가 하고 싶은 일은 경쟁에 지친 수많은 아이들을 위로하고 보듬어주는 것입니다. 경쟁과 배려는 상대적인 관계에 있는 것이 아니라 상보적인 관계에 있습니다.

삶은 일방통행이 아닙니다. 독서교육은 특히 그렇습니다. 그런 점에서 나는 참 행복한 사람입니다. 소통할 수 있는 사람들이 정말 많으니까요. 나는 내 정책을 통해 사람을, 그리고 세상을 바꿀 수 있다고 생각하지는 않습니다. 그럴 수도 없습니다. 다만 내 정책을 통해 많은 사람들이 위로받고 행복해지면 좋겠습니다. 사람살이, 세상살이에는 그런 풍경이 있어야만 편하게 숨쉴 수 있는 공간이 마련될 테니까요.

내게 가장 행복했던 시간

내가 행복해지기 위해서 무엇이 필요한지를 나는 안다고 생각한다. 욕심을 버리고 즐길 수 있는 혹은 아무런 이유 없이 열정적으로 도전하고 싶은 일을 찾는 것. 그렇지만 난 한편으론 그것을 찾지 못하길 바라고 있는지도 모른다. 그것을 찾음과 동시에 나에겐 금전적 자유가 사라질 것이란 두려움이 있기 때문이다. 난 오늘도 행복과 자유의 모순 속에 살아가고 있다.

_엄기호, 『이것은 왜 청춘이 아니란 말인가』에서

언젠가 엄기호의 책을 읽으면서 내내 쓸쓸했습니다. 책에서 던지는 질문들이 날카로운 바늘이 되어 내 살을 파고들었습니다.

내가 사는 이유가 정말 성공밖에 없는 것일까? 죽도록 자기계발을 한다고 내 삶이 나아지기나 할까? 세상은 왜 이리도 정의롭지 못한 것일까? 왜 그런 것들이 문제시될 수조차 없는 거지? 대체 나는 왜, 무엇을 위해, 어떻게 살아야 하는 거지? 진정한 행복이란 도대체 뭐지?

질문을 하면 할수록 더욱 쓸쓸해졌습니다. 대답을 찾아야 하는데 여전히 내 안에는 이것과 저것이 실타래처럼 엉켜서 마음의 출구를 찾을 수 없었습니다.

최근에 우연히 힐링의 시간을 만났습니다. 'SBS 힐링캠프, 한석규 편'이었습니다. 그가 타인에게, 또는 스스로에게 자주 하는 질문, '왜 이 일을 하는 거지?', '가장 행복한 때가 언제였지?' 하는 질문은 그대로 나에게 전해졌습니다. 책을 좋아하고 낙서를 사랑한 학생이었던 나나, 교육정책을 추진하는 지금의 나나 큰 차이는 없습니다. 학교 다닐 때 선생님이 수업시간에 소개해준 책은 학교도서관에서 반드시 찾아 읽었습니다. 지금도 책과 관련된 일을 하니 그때부터 하고 싶었던 일을 하고 있다고 생각할 수도 있겠지요. 오랜 시간 국어 선생님이라는 길을 걸었고, 현재는 독서정책을 만들고 실행하는 일을 하는 나는 언제 가장 행복했을까요?

선생님이라는 이름을 가지고 처음 아이들을 만났던 날? 교과서에 안에 있는 모든 문학작품을 스토리텔링 하여 분석을 끝냈던 날? 아이들과 함께 첫 문학기행을 떠났던 날? 통합교과논술지원단을 꾸려 함께 논술자료집을 만들고 토요논술학교를 시작했던 날? 아이들과 함께 책쓰기 동아리를 만들어 그 결과물인 〈13+1〉을 처음 출간한 날? 장학사가 되어 교육청으로 첫 출근을 하던 날? 지나간 시간이 영화 장면처럼 스치며 지나갔습니다. 하지만 기억 속 그 어느 시간에도 '가장' 행복했다는 말을 하기에는 부족함이 많았습니다. 항상 다른 누군가를 위해 내 마음을 다한다고 말은 했지만, 사실은 대부분 나를 드러내기 위한 것이었지 싶습니다. 행복할 때도 많았지만 그건 단지 나를 위한 행복이었습니다. 나를 위한 행복이 아이들을 비롯한 타인의 행복에도 조금은 도움이 되었겠지만, 그건 아무래도 온전한 행복은 아니었겠지요. 계속 내 목마름이 그치지 않았으니까요.

그런데 지금 누군가가 '언제 가장 행복했느냐?'고 물어오면 분명하게 대답할 수 있습니다. 2012년 7월 21일, '가족사랑 디베이트 어울마당'을 진행한 바로 그날 하루였다고. 그날 이후 나는 내 마음 한켠에 오롯이 자리잡고 있던 쓸쓸함의 휴지통을 비워낼 수 있었습니다. 그럼에도 왜 그럴 수 있었는지 정확히 알기 어려웠는데, 그 이유를 토크쇼를 보고 찾았습니다. 한석규는 3년의 공백기를 가진 후 다시 연기를 했을 때는 두려움을 느꼈다며 "내가 왜 연기하는가에 대한 답을 얻어내면서 극복했다. 왜 연기를 하는가. 전에는 내가 보여주고 싶어서라고 생각했다.

지금은 내가 느끼고 싶어서다"라고 말했습니다. 그랬습니다. 나의 행복도 바로 거기에 있었습니다. 어리석게도 난 세상의 중심에 서고자 하는 내면의 욕망을 가졌던 것 같습니다. 능력이 부족한데도 그런 꿈을 가진 것은 분명 불행이었습니다. 그러다보니 언제나 쓸쓸했습니다. 하지만 이제는 아닙니다. 나는 보여주기 위해서가 아니라 느끼기 위해 일합니다. '어울마당'을 하면서 하루종일 느꼈던 행복감, 내가 진정 원했던 것이 무엇인지가 구체적인 풍경으로 나에게 다가왔습니다. 작지만 따뜻한 내 마음이 많은 사람들에게 행복으로 다가갈 수 있다면, 그런 풍경을 만들 수만 있다면 나는 분명 행복합니다. 그래서 요즘은 가장 행복했던 그 시간을 매일 꿈꿉니다.

어울마당, 그 넓은 품
—토론 재능기부

경쟁은 내가 저 최고의 위치에 오르지 않는 한 행복한 것이 아니라는 부추김이고, 욕심은 99%를 가진 사람이 1%를 더 가지려는 이기심이다. 더 많은 돈, 더 높은 권력, 더 누리는 자유가 우리를 항상 유혹한다. 그래서 우리들은 '아직 불행한 축'에 속하고 이 고리를 벗어나기 위해 더욱 힘을 쏟아 경쟁한다.

_토마스 람게, 이구호 역, 『행복한 기부』에서

토론 재능기부의 바람이 시작되었습니다. 지난 토론교사지원단 워크숍에서 우연히 말이 나온 '학생 재능기부 토론'이 드디어 첫 결실을 맺었습니다. 2012년 9월 22일, 작은 시작이지만 어쩌면 교육의 전반적인 변화를 기대할 수 있는 하나의 사건이 있었습니다. 송현여고, 경원고, 원화여고, 영남고, 칠성고, 대구 상원고 학생들로 이루어진 12명의 '토론이 봉사단'이 경북 의성의 탑리여중을 방문하여 자신들의 토론 재능을 기부하는 의미 있는 일을 시작한 것입니다.

탑리여중은 전교생이 30명 조금 넘는 작은 학교입니다. 토론과 같은 교육방식은 거의 경험하지 못했고, 최근에는 점점 줄어드는 학생 때문에 힘들어하는 학교입니다. 아담한 교정 바로 옆에는 국보 77호 '탑리 오층석탑'이라는 기념비적 유물이 있고, 10년 전만 해도 500명이 넘는 학생들이 북적거리던, 오랜 전통을 가진 학교이기도 합니다. 소위 신라 석탑의 전형적인 양식으로서 신라 석탑의 출발점이 된 '탑리 오층석탑'처럼 재능기부 토론이라는 봉사활동도 그런 의미를 가질 수 있을 것으로 기대했습니다.

지원단 교사 12명, 학생 봉사단 12명은 오전 8시 50분 탑리여중에 도착했습니다. 의성 삼성중학교 학생들도 동참하기 위해 이 학교로 왔습니다. 오전 9시 반부터 원탁토론을 시작했습니다. 탑리여중 교장 선생님은 '변화는 점에서 시작하므로 하루면 충분하다. 오늘의 행사가 우리 교육의 또다른 변화가 될 것'이라고 기대하셨습니다. 봉사단 지도교사(교사토론지원단)와 탑리여중, 삼성중 인솔교사의 짤막한 소개에 이어, 4개 테이블로 나누어진 학생들은 '인성 벗 카드'를 뽑아 하루 동안 자신들이 지켜야 할 덕목들을 되새겼습니다. 이어서 모든 학생들이 스스로를 소개하고 각 팀의 팀장도 뽑았습니다.

토론 주제는 가족사랑 디베이트 어울마당에서 다루었던 '우리 시대의 가족을 말하다'였습니다. 이미 일주일 전에 배부된 〈마당을 나온 암탉〉 생각거리를 참고하여 토론이 봉사단 학생들이 발제문을 제시했습니다. 처음 접하는 토론이라 중학생들은 좀처럼 자신의 의견을 밝히지 못했습니다. 하지만 역시 아이들은 아이들이었습니다. 시간이 지나면서 서로 조금씩 친밀해졌고, 생각거리를 바탕으로 키워드 대립 구조표를 작성하고 어울토론의 논거를 스스로 준비하기 시작했습니다.

두 개의 강의실로 이동해서 오전 토론활동이 시작되었습니다. 각 강의실에서는 토론이 봉사단 3~4명에 중학생 5~6명으로 팀을 나누고 찬반을 정해 어울토론이 이어졌습니다. 먼저 봉사단 학생들이 어울토론의 순서인 '입안(3분)-팀 협의(2분)-반박(3분)-팀 협의(2분)-쟁점 요약(2분)-팀 협의(2분)-전체 교차질의(6분)-초점(2분)'에 대한 과정을 설명했습니다. 어울토론은 학생 수가 32~40명쯤 되는 학급에서 토론을 수업에 활용할 수 있는 방안을 고민하는 데에서 출발하여 6개월 만에 도출해낸 대구교육의 토론방식입니다. 중학생들이 토론에 참가하고 봉사단 학생들은 서포터 역할을 했습니다. 어울토론을 처음 접하는 중학생들은 자신의 주장을 쉬 펼치지 못했고, 주어진 시간 3분이 30초로 끝나는 경우도 많았습니다. 그럴 때마다 봉사단 학생들은 자신이 지난날 그랬던 것처럼 안타까워했습니다. 교차질의 때에도 봉사단 학생들은 중학생들 뒤에서 작은 목소리로 도움을 주었습니다. 함께 참가한 지원단 교사들은 그러한 과정을 묵묵히 지켜보고 토론과정에서 생기는 착오들만 지적했습니다.

오후 1시가 가까워서야 오전 토론이 끝났습니다. 짧았던 오전 시간이지만 그들의 마음은 이미 통하고 있었습니다. 도움을 주는 사람이나 받는 사람 모두가 행복한 시간, 그건 봉사활동 최고의 성과였습니다.

"봉사단 선배님들에게 어울토론 단계에 따른 코치를 받았는데도 막상 시작하니 너무 긴장되고 흥분되어서 냉정함을 잃고 감정적으로만 토론에 임했던 것 같아요."(김한나, 탑리여중)

"처음이라 당황하여 준비한 말을 다 못한 것 같아 아쉬워요." (배민주, 탑리여중)

"토론을 해보니 봉사단의 형, 누나들이 얼마나 대단한지 알게 되었어요. 토론이라는 게 정말 어려운 것 같아요. 그래도 엄청 재미있었어요."(손재영, 삼성중)

"토론이 처음인데도 숙지 능력이 대단하다. 오후에도 열심히 도와서 더욱더 잘할 수 있도록 돕겠다."(류승민, 송현여고)

"자료도, 시간도 부족했는데 처음치고는 매우 잘하는 것 같았다. 다만 자율협의 때에는 말도 잘했는데 막상 시작했을 때는 제대로 말을 못해서 아쉬웠다."(강소현, 상원고)

오전 토론이 끝나고 아이들이 했던 말입니다. 오후 토론은 오전보다 훨씬 더 열기로 가득찼습니다. 중학생들은 조금씩 자신의 생각을 말하기 시작했고, 팀원들 간의 협의나 의견 교환도 좀더 자연스럽게 이루어졌습니다. 특히 교차질의가 잘 이루어지지 않자, 봉사단 학생들이 6분 동안 시범 교차질의를 즉석에서 보여주는 대목은 무척 인상 깊었습니다. 1년 남짓한 토론 동아리 활동이 아이들을 이렇게 성장시켰구나 싶어 감회가 새로웠습니다.

"오전보다는 훨씬 긴장감이 덜했다. 이제 겨우 토론이 무엇인지 알 것 같은데 끝이 나서 매우 아쉽다."(강예빈, 탑리여중)

"토론이라는 게 내 말만 앞세워서 상대방을 주눅들게 하는 것인 줄 알았는데 실제로 해보니 상대방의 말을 잘 듣고, 서로 배려해야 한다는 것을 깨닫게 되었다. 이런 귀중한 경험을 할 수 있게 해준 봉사단의 형, 누나들, 정말 고맙다."(김민규, 금성중)

"아침에 올 때는 어떻게 후배들에게 가르쳐주어야 할까 엄청 고민했는데 막상 끝나고 보니 내가 가르친 것이 아니라 오히려 많이 배운 것 같아 즐겁다. 그리고 귀여운 동생들이 많이 생겨 기쁘다. 다음에 이런 기회가 또 생긴다면 어디든 가고 싶다." (김수희, 원화여고)

"비록 보잘것없지만 나의 토론 실력을 후배들에게 기부할 수 있다는 것 자체가 너무도 뜻깊은 일인 것 같다. 이런 봉사활동을 통해, 토론활동에 나선 내 선택이 옳았고 또 나의 조그만 능력이 타인에게 도움이 된다는 것을 알았다. 기쁘고 놀랍다. 앞으로 나의 능력을 어떤 식으로 사회에 환원해야 하는지 그 방법을 알게 된 것 같아 매우 기쁘다."(이원형, 경원고)

오후 토론을 끝낸 아이들의 소감입니다.

오후 4시, '어울토론 이야기' 펼치기가 시작되었습니다. '어울토론 이야기'는 경쟁과 승패 이후에 아이들의 마음을 보듬어주기 위해 만든 대구토론교육의 꽃입니다. 하루 동안 진행된 어울토론 과정에서 느낀 점, 깨달은 점 등 모든 것들을 자신이 뽑은 인성 벗 카드의 가치와 연결시켜 형식에 구애받지 않고 발표하는 시간으로, 어울토론에 참가한 모든 학생들이 동참했습니다. 1팀에선 개그 프로그램 '용감한 녀석들'의 노래를 개작하여 어울토론의 의미를 역설했고, 2팀에선 가수 싸이의 '강남 스타일' 가사를 개사하여 어울토론 과정에서 느낀 즐거움들을 토로했으며, 3팀에선 2개 조로 나누어 한 조는 초등학생의 그림일기 형식으로 어울토론 과정에서 느낀 어려움과 성취감을, 다른 한 조는 휴대폰에 저장된 MP3 음악을 배경음으로 깔고 카카오톡의 형식을 빌려 토론과정의 즐거움과 봉사활동의 의의에 대해 이야기했습니다. 그리고 마지막으로 4팀에선 〈마당을 나온 암탉〉을 이용해 7행시를 짓고, 자신들이 뽑은 벗 카드의 가치를 통해 어울토론에 임했던 스스로의 마음을 이야기했습니다. 역시 어울토론은 하나의 축제였습니다.

어울토론에 참가한 탑리여중, 삼성중학교 학생들에겐 수료증을, 봉사단 학생들에겐 봉사활동 확인서를 수여한 후 오층석탑 앞에서 역사의 한 페이지로 남을 기념사진을 찍었습니다. 하루라는 시간의 아쉬움에 모두들 한동안 자리를 뜨지 못했습니다. 돌아오는 차 안에서 동승한 학생에게 오늘 느낌이 어땠냐고 물었습니다.

"처음에는 단지 재능기부라는 활동이 대학 진학에 도움을 주지 않겠냐는 속셈도 있었던 것 같아요. 하지만 지금은 이 자체가 행복입니다. 나누는 행복, 함께하는 행복을 깨달은 것 같아요. 고3이 된다는 것이 아쉬워요. 감사합니다."(이원형, 경원고)

상처를 축제로

"도대체 우리가 어떤 이야기 속에 떨어진 거지?"

"나도 궁금해. 그런데 진짜 이야기들은 다 그렇잖아. 네가 좋아하는 이야기 중에서 아무거나 하나만 생각해봐. 그 이야기가 어떤 종류의 이야기인지, 결말이 행복할지 슬플지 우리는 예측할 수 있지만, 정작 이야기 속에 나오는 사람들은 결말을 모르잖아."

_영화 〈반지의 제왕〉 프로도와 샘의 대화에서

슬프게도 푸른 가을 하늘입니다. 저물어가는 서녘 하늘이 길게 산 그림자를 만듭니다. 이제는 저물어가는 풍경들이 아름답습니다. 이렇게 언어를 만들어가는데 그다음 문장이 다른 문장에 걸려 나아가지 않습니다. '디베이트, 책쓰기, 통합논술, 구술

면접, 그림책, 연수, 감사, 보고, 예산, 행사…….' 현재의 나를 지배하는 현실 속의 언어들이 좀처럼 틈을 주지 않습니다. 이럴 땐 정말 처참합니다. 이렇게 1년이라는 시간이 훌쩍 지나갔습니다. 약간의 틈이 생기면 언제나 새로운 길을 상상했습니다. 그 길은 책에 있었습니다. 이미지와 사유가 스며서 만들어가는 아름다운 언어들에 전율하면서 책 속에 담긴 마음을 따라가면 새로운 길이 열렸습니다. 하지만 틈을 주지 않는 집요한 현실 언어들 때문에 언제나 하루가 짧았습니다. 나는 이렇게 살아가는 시간들이 어떤 이야기로 마무리될지 정확히 알지 못합니다. 아니 알 수 없습니다. 혹시 나만 모르고 다른 이들은 모두 알고 있지는 않을까, 그것이 내게 두려움을 줍니다.

지난 '우리 시대의 가족을 말하다'를 주제로 한 '가족사랑 디베이트 어울마당'이 끝난 후, 많은 사람들이 궁금해하더군요. 다음 프로그램이 뭐냐고. 하지만 프로그램에 대한 계획보다는 그 계획을 실행할 시간이 부족했습니다. 계속된 연수 진행과 통상적인 업무, 그리고 예산 편성에 대한 압박, 국정감사 등이 기다리는 9월이 두려웠습니다. 일 자체에 스트레스를 받는 편은 아닌데 매일 두통에 시달렸습니다.

그런데 얼마 전 인성교육 자료 개발을 위해 급작스럽게 인성교육지원팀을 꾸렸습니다. 자료 개발과 정리를 하면서 비로소 나는 내가 하고 싶었던 일이 하나 남았다는 생각이 들었습니다.

EBS 지식채널에서 보았던 한 아이의 절규. '내 마음을 들어줄 친구가 필요합니다', '친구를 한번 불러보고 싶다', '친구를 서로 말하자', '친구의 손을 잡아보자', '우리 시대의 친구는 무슨 의미일까?' 다양한 담화들이 머릿속에서 마구 뛰어다녔습니다. 무한경쟁의 틈바구니 속에서 진실하게 친구의 손을 잡아보는 따뜻한 시간을 마련하고 싶었습니다. 어떤 방식이 좋을까? 무엇이 아이들의 닫힌 마음을 열 수 있을까? 최근 유행하는 토크 콘서트를 떠올렸습니다. 단순한 토크 콘서트가 아니라 공연을 곁들이면 좋겠다는 생각이 들었습니다. 나아가 모든 진행을 아이들에게 맡기면 어떨까 하는 생각도 했습니다. 거기까지가 내 몫이었습니다.

인성교육지원팀과 함께 지속적으로 워크숍을 가졌습니다. 드디어 집단지성의 위대함이 드러나기 시작했습니다. 다양한 의견들이 제시되고 제시된 의견들을 검토하면서 프로그램을 구체화했습니다. 계획서가 만들어지고 학교로 참가팀 선정 공문이 나갔습니다. 그러나 아직은 답답했습니다. 전체적인 흐름은 정했지만 흐름 그대로 이루어진다는 믿음은 사실상 없었으니까요. 특히 대부분의 진행과정을 학생들에게 맡겼기 때문에 불안감도 컸습니다. 하지만 그러한 불안감 때문에 처음의 계획을 수정할 생각은 없었습니다. 마침내 10개의 공연팀이 선정되고 MC(행사 진행, 토크 진행), 봉사활동 참가자, 축하공연팀 등이 차례로 확정되었습니다.

9월 21일, 학생들까지 참가한 전체 워크숍이 열렸습니다. 참가대상 학생들은 물론 지도교사조차 행사의 전반적인 철학이나 의미를 이해하고 있지는 못했습니다. 다들 이런 형식의 행사를 경험하지 못했기에 어쩌면 당연한 것이었지요. 아직 본격적으로 시작도 하지 못했는데 내 마음은 깊은 수렁 속으로 빠져들었습니다. 답답했습니다.

'상급학교 진학을 위하여 친구를 경쟁자로 생각하는 학생문화, 친구의 아픔을 방관하고 나의 이익만 먼저 생각하는 경쟁문화' 등에 대한 전반적인 반성을 담고 싶었지만 학생들이 제출한 원고의 대부분은 학교폭력과 따돌림 문제 등의 어두운 내용으로 이루어져 있었습니다. 아픈 현실에 대한 비판 일변도에서 벗어나 긍정적인 문화를 보여줌으로써 변화의 길을 모색해보고 싶었던 내 프레임이 근본적으로 흔들렸습니다.

며칠 동안 고민한 끝에 결정을 내렸습니다. 학생들이 문제로 생각하고 있다면 그대로 존중하자, 정작 중요한 것은 현상보다는 그 현상을 어떻게 객관화하고 전망을 제시하느냐에 있다고 판단을 내렸습니다. 친구의 아픔을 외면하지 않고 지켜보는 과정에서 그런 심성이 각자에게 내면화되지 않을까 하는 기대를 했습니다. 나아가 교육적으로 반드시 필요한 인성교육을 성공시키기 위해서는 학생들이 자발적으로 나서야 한다고 생각했습니다. '친구(2012년도 사랑과 행복이 있는 학생주도 토크 콘서트)'를 주제로 삼아서 '대담, 코미디, 개그, 만담, 뮤지컬, 판소리, 모의법정' 등 행사장(대구시교육청 대강당)에서 발표 가능한 다채로운 형식의 예술문화공연을 자유롭게 선택하여 자신들의 메시지를 호소력 있게 전달할 수 있도록 전체를 재구성했습니다.

10월 20일, 1차 리허설이 진행되었습니다. 행사 진행과 관련하여 미리 학생들과 여러 차례 협의했으나 곳곳에서 문제가 드러났고, 공연은 대체로 초등학교 학예회 수준이었습니다. 토크 콘서트는 아직 준비 단계였습니다. 일주일을 남기고 행사 전반에 대한 회의감이 더욱 짙어졌습니다. 내가 너무 황당한 꿈을 꾸었나? 입시에 시달리는 아이들에게는 무리한 요구였나? 리허설이 끝나고 불면의 밤이 되었는데, 이튿날 아침에 이런 메일을 받았습니다.

"선생님, 실망하셨지요? 하지만 우린 정말 열심히 준비하고 있어요. 정규수업에, 보충수업에, 자율학습에 시간을 내기가 정말 어렵지만 그럼에도 최선을 다하고 있어요. 왜 그렇게 하는지 아세요? 인성교육은 학생 자신만의 몫이 아니라 학생과 교사, 학부모, 교육청이 함께 서로의 생각을 허심탄회하게 주고받을 수 있을 때 부쩍 자라는 것이라고 믿어요. 이러한 관점에서 대구지역 학생들과 교사, 학부모, 교육청이 소통하고 공감할 수 있는 살아 있는 인성교육의 장이 열렸잖아요. 그게 토크 콘서트라고 믿어요. 그러니까 우리는 기필코 잘해낼 거예요. 정말 어렵게 만든 우리들을 위한 시간이잖아요."

정신이 번쩍 들었습니다. '내가 뭘 원한 거지? 아이들에게 프로와 같은 수준을 원한 건가? 본질보다는 행사 자체에 마음을 둔 것은 아닌가?' 아이들이 직접 느낄 정도로 표현되었던 내 옹졸함에 부끄러움을 느끼면서 내가 할 일을 다시 생각했습니다. 음향시설, 홍보 리플릿, 진행 보조 등을 전반적으로 점검했습니다. 지원단 선생님들과 계속 소통하면서 행사 시작과 끝을 스토리텔링 했습니다. 이제 거침이 없었습니다. 아이들 몫은 아이들에게 맡기고 어른들이 도와줄 일들만 떠올렸습니다.

10월 26일 저녁에 2차 리허설이 열렸습니다. 만족스러웠습니다. 리허설 시작 전, 한 학생에게 물었습니다. 자신 있냐고. 그 학생이 대답했습니다. "아마 깜짝 놀라실 거예요. 일주일 전의 우리들이 아니랍니다. 지켜봐주세요."

드디어 10월 27일, 토크 콘서트가 열렸습니다. 일주일 만에 아이들은 전문가 같은 멋진 공연으로 화답했고, 토크 콘서트는 성공적으로 끝났습니다. 아이들은 자신들의 상처를 축제로 승화시키는 놀라운 힘을 보여주었습니다. 아이들의 잠재력은 무한하다는 것을 다시 한번 절감한 아름다운 시간이었습니다. 행

사가 끝나고 한 학생이 던진 말,

"이런 거 언제 또 하죠?"

'우리'는 충분히 힐링 했다
—사제동행 토론 어울마당

'우리' 나라 사람들은 참 '우리'라는 말을 좋아한다. '우리' 집, '우리' 나라, '우리' 음식. 바로 이게 '우리'의 힘이다. 너와 나의 벽을 허물고 그와 우리의 벽을 허물고 그들과 우리의 벽을 허물면 결국 '우리'의 공간이 생기는 것. 이 간단하고도 어려운 진리를 나는 이 디베이트 어울마당을 통해 배웠다. 나는 양계장 속의 한 마리 닭이었다. 내가 가둔 스스로의 벽 속에서 그저 끙끙 앓았던. 이 어울마당은 그런 나의 빗장을 열어주어 시원한 바람과, 따스한 햇살과, 그리고 옆에서 함께 뛰노는 친구들을 느끼게 해주었다. 그런 우리들을 저멀리에서 웃으며 지켜보고 계시는 선생님들도.

_배세린, 대곡중학교 학생, 〈사제동행 디베이트 어울마당〉 후기에서

'600명의 조화도 이뤄냈는데 300명쯤이야 가뿐하죠. 걱정 마세요. 모든 일이 잘될 테니까.' 4주 일정의 교사 토론연수를 진행하다보니 2월 2일에 예정된 '사제동행師弟同行 토론 어울마당' 준비를 거의 하지 못한 1월 말, 어느 선생님이 보낸 문자. 내 걱정이 얼굴에 나타났었나봅니다. 실습을 중심으로 연수를 진행하다보니 지원단 선생님들도 매일 연수하는 장소로 출근했습니다. 방학이라 여유를 가지고 차분하게 준비할 수 있을 것이라는 나의 예상은 크게 빗나갔습니다. 대구토론교육에 대한 현장 선생님들의 부담과 디베이트 교육에 대한 편견을 줄이기 위해 토론연수 내내 선생님들과 함께했습니다. 지금은 교육청에서 하라고 하니까 어쩔 수 없이 하는 시대가 아닙니다. 그렇게 한들 진정성이 있을 리 없습니다. 그러한 마음은 그대로 아이들에게 전해질 것이고 결국 아이들조차 토론교육으로 행복해질 수가 없을 것이라고 생각했습니다. 시간이 걸리더라도 선생님들에게 마음으로 다가가고 싶었습니다. 연수 기간 내내 현장 선생님들의 이야기를 들었습니다. 지원단 선생님들과 어울마당에 대해 함께 고민하고 준비하는 시간을 가져야 하는데 연수 진행으로 바쁜 선생님들에게 내 걱정을 표현하기는 쉽지 않았습니다. 그럼에도 불구하고 꼭 한 번은 선생님과 학생들이 함께 만나 소통하는 시간을 가져보고 싶었기에 어렵사리 행사 계획을 세운 것이었습니다.

연수가 끝난 2월 1일, 어울마당의 장소인 경북여고로 향했습니다. 점심을 먹고 강당과 교실을 둘러보았습니다. 깨끗하게 정리된 교실, 경북여고 선생님들과 학생들에게 고마웠습니다. 하지만 행사는 정리로 시작해서 다시 꾸미는 과정입니다. 어울마당 티셔츠와 함께 물품들이 도착했습니다. 강당에는 26개의 원탁과 의자들이 놓이고 무대에는 커다란 현수막이 붙었습니다. 기적은 그때부터 시작되었습니다. 이전의 캠프나 연수를 통해 모아둔 갖가지 토론 관련 자료들이 강당 곳곳은 물론 모든 복도 창문과 벽에 예쁘게 부착되었습니다. 각 교실에도 작은 어울마당 현수막이 붙었습니다. 단 2시간 만에 일어난 변화였습니다. 10명의 교사 지원단 선생님들과 26명의 학부모 봉사단은 모두가 자기 일인 것처럼 움직였습니다. 3시간도 걸리지 않아 행사 준비가 모두 끝나고 간단하게 리허설까지 마쳤습니다. 상상하지 못한 풍경이었습니다. 위의 학생이 말한 '우리'의 의미를 확인하는 순간이기도 했습니다.

드디어 2월 2일 오전 9시, '2013 사제동행 토론 어울마당'이 시작되었습니다. 대부분의 학생들은 하루를 학교에서 보냅니다. 왜 그래야 하는지, 그것이 옳은지에 대한 물음표는 별로 없습니다. '좋은 대학'이라는 동일한 목표를 위해 대부분이 침묵합니다. 그렇다고 해서 그것을 위해 대부분의 시간을 소모하는 일상과 그래야만 하는 이유에 대해 학생들이, 그리고 선생님들이 진정으로 동의했다고는 볼 수 없습니다. 그 이야기를 듣고 싶었습니다. 진정한 교육의 가치가, 배움의 목표가 무엇인지 흐려진 시대상황에서 선생님과 학생이 머리를 맞대고 이야기를 나누면서 작은 희망을 찾는 그런 풍경. 그런 풍경을 만들고 싶었습니다. 소통은 아름다웠습니다. 어쩌면 이 세상에서 가장 아름다운 풍경은 소통하는 풍경이 아닐까요? 사랑도, 우정도 모두 소통일 테니까요. 그 소통 안에서 선생님도 학생도 모두 동의할 수 있는 마음을 건지고 싶었습니다. 나도 조금씩 어울마당 안으로 스며들었습니다. 그러면서 나도, 우리도 충분히 힐링했습니다.

이 활동에서 가장 인상 깊었던 것은, 평소 고리타분하다고만 생각했던 선생님들이 속으로는 학생들에 대해 많은 관심을 가지고 있으나 현실 여건이 이에 따라주지 않아 제대로 학생들에게 다가가지 못하고 있음을 알았다는 것이다. 동시에 학생들이 선생님들을 편견에 찬 시선으로 바라보는 것 때문에 고충을 겪는 경우가 많음 역시 알 수 있었다. 이는 내게 신선한 충격으로 다가올 수밖에 없었다. 그간 선생님들을, 학교 현장을 제대로 알지도 못하면서 아는 척했다는 부끄러움과 함께, 많은 시사점들을 얻었다.

_조우인, 오성고등학교 학생, 〈사제동행 디베이트 어울마당〉 후기에서

오전에는 '어울토론'으로, 오후에는 '원탁토론' 및 '우리들의 토론 이야기'로 기획했습니다. 맺으면 풀어내고 풀면 다시 맺어 가는 것이 어울림의 근본입니다. 그 본질에 충실하고 싶었습니다. 주제는 최대한 단순화했습니다. '어울토론'의 주제는 '똥주(소설 『완득이』에 나오는 선생님)는 담임 자격이 없다'로 정했고, '원탁토론'은 '우리 시대 학교를 말하다'라는 주제 아래 '이런 점이 힘들어요', '우리 이렇게 해봐요'에 대한 이야기를 나누기로 했습니다. 선생님과 아이들을 힘들게 하는 무언가에 대해 서로 이야기하면서 자연스럽게 대안을 마련하는 흐름을 이어가기로 했습니다.

오전 '어울토론'이 시작되었습니다. 참가한 학생들 대부분이 학교에서 토론 동아리 활동을 해본 경험이 있어서 그런지 토론의 열기는 금방 타올랐습니다. 사전조사를 통해 토론을 준비한 학생들은 다른 선생님들이나 학생들과 의견을 나누면서 단순한 주제 아래 교육과 관련한 심층적인 문제들을 읽어내고 있었습니다. 교사가 중점을 두어야 할 교육 방침이 지식인가 지혜인가에서부터, 담임으로서 학생을 도와줄 때 그 방향과 과정이 어떠해야 하는가 하는 문제에 이르기까지, 나아가 학생들의 꿈을 향한 선택에 대한 논의들까지. 하나의 주제는 다양한 관심사로 퍼져나갔고, 진정한 교육이란 무엇인가에 대해 많은 이들과 함께 의견을 나누고 대안을 모색해보는 시간을 보냈습니다.

'원탁토론'은 학교 현장에서 친구들이나 선생님들과의 관계에서 일어나는 문제점들에 대해 세 학교가 한 팀을 만들어 의견을 공유하고 이를 통해 핵심 문제를 선정, 이에 대한 대안을 재논의하는 과정으로 전개되었습니다. 처음에는 대체로 어색해했지만 시간이 흐르자 선생님이나 학생 가릴 것 없이 오전 토론에서의 논의와 자신들의 경험, 그리고 준비해온 자료 등을 바탕으로 친구들 사이의 집단 따돌림 문제에서부터 학교의 성적지상주의 태도까지 많은 문제들을 지적했습니다. 그리고 이를 해결하기 위한 SNS 활용, 교내 행사 및 동아리 활성화, 입시제도 개편 등의 다양한 대안이 제시되었습니다.

'우리 토론 이야기'는 맺은 것을 푸는 시간이었습니다. 아무리 '어울토론'이라 해도 토론은 근본적으로 서로 다른 생각이 다투는 과정입니다. '우리 토론 이야기'는 토론을 하면서 맺힌 마음을 다양한 형식을 통해 풀어내는 것으로, 캠프나 어울마당을 진행할 때마다 마지막을 축제로 승화시키는 힘을 보여주었습니다. 이번에도 마찬가지였습니다. 다양한 형식의 토론 이야기가 강당의 벽을 가득 메웠습니다. 어떤 학생은 노래를, 어떤 선생님은 춤도 추었습니다. 모두가 행복한 시간. 그렇게 '2013 사제동행 토론 어울마당'은 끝을 향해 달려가고 있었습니다.

어울마당은 아름다웠습니다. 8시간 정도의 사제동행을 통해서도 우리는 충분히 서로를 이해했습니다. 그날 저녁부터 카페

(디베이트 라이프)를 가득 채운 선생님과 학생들의 이야기가 그것을 입증하고 있습니다. 그중 한 학생은 이렇게 적었습니다.

"진정한 교육에 대해, 학교에 대해 다시금 생각해볼 기회를 마련해준 사제동행 토론 어울마당. 긴 시간 진행된 스케줄에 많이 힘들고 지치기도 했지만, 교육에 대해 불신과 회의의 마음을 가지고 있던 나에게는 새로운 생각 틀을 가질 수 있는 계기가 되기도 한 좋은 경험이었다. 부디 앞으로도 이와 같은 유익한 활동들이 다방면에서 전개될 수 있기를 바라본다."

5부

논술교육에 관한 생각

역행하는 인재평가 방식

토요논술학교가 3월 24일 개강했습니다. 300명 정도의 고3 학생들이 14개 반으로 편성되어 토요일마다 논술수업을 받습니다. 그러고 보면 토요논술학교가 시작된 지도 벌써 8년이나 됩니다. 지난 2007년, 다양한 교과목의 선생님들로 결성된 대구통합교과논술지원단은 통합교과형 논술을 어떤 형태로든 학교교육에서 감당해내자는 생각에서 논술교육 동아리 지원과 함께 토요논술학교를 시작했습니다. 당시 언론의 보도를 보면 마치 갑작스러운 자연재해를 보도하듯이 논술열풍을 다룸으로써 학부모들의 불안과 근심을 가중시켰습니다. "학교에서 가르치지도 못할 논술을 왜 시험을 치는 거야?", "학교 선생이 그걸 못 가르치니까 학원에라도 보내야지. 그냥 손놓고 있을 수는 없잖아.” 논술을 준비하지 않으면 대학을 갈 수 없고, 논술을 배우려면 사교육으로 가는 수밖에 없다는 식의 여론을 조성하는 데 한몫하는 것이 당시 언론 보도들이었습니다. 그중에서도 화가 막 나면서도 일종의 오기조차 들게 했던 어느 일간지 칼럼의 한 대목. 학교 논술교육 성공의 당위성은 단순하게도 바로 이 글에 대한 논리적 비판에서 시작되었습니다.

> 사교육은 된다 안 된다가 초점이 아니다. 솔직히 누가 더 잘 가르치는가. 우리는 일 년 내내 대학 논술 문제에 대해 고민한다. 정작 출제하는 대학교수들도 우리만큼 고민 안 한다. 예시 문항을 철저히 분석하고 학생으로 하여금 스스로 생각하도록 끝없이 질문하고 생각을 글로 표현하게 하는 게 사교육이다.
>
> _모 일간지에 실린 서울 유명학원 강사의 글에서

‘일 년 내내 논술 문제에 대해 고민한다’는 말. 학교 교사들이 볼 때 무척 부러운 말이었습니다. 교사들은 그렇게 고민할 시간이 없습니다. 담당 교과를 가르쳐야 하고 학생들의 학교생활, 심지어 학교 너머의 생활에 대해서도 고민할 뿐 아니라 진학지도나 각종 보고와 같은 잡무와도 싸워야 합니다. 문제는 더 본질적인 데에 있습니다. 사교육 종사자들이 고민하고 있는 것은 ‘논술 문제’이지 ‘논술’은 아니라는 점입니다. 학생들의 미래를 위해 진정 필요한 교육은 단지 대학입시와 직접 관련된 '논술 문제'를 적절하게 해결하는 방법이 아니라 자신이 살아가는 현재에 대해 끊임없이 고민하고 그 안에서 자신의 생각을 드러내는 법을 배우는 '논술교육'입니다.

그것만이 아닙니다. '예시 문항을 철저히 분석하고 학생으로 하여금 스스로 생각하도록 끝없이 질문하고 생각을 글로 표현하게 하는 게 사교육이다'라는 말도 오류입니다. '예시 문항을 철저히 분석'하여 다음해에 출제될 문제를 예상하고 답을 작성하는 방법을 익히는 것이 과연 논술의 전부인가? 이는 대학 논술고사를 위한 마지막 점검일 뿐입니다. 그것이 전부이거나 그것에서부터 시작한다면 결코 논술고사에서 좋은 점수를 받지 못합니다.

가장 큰 오류는 그다음 말에 있습니다. 정말로 '학생으로 하여금 스스로 생각하도록 끝없이 질문하고 생각을 글로 표현하게' 한다면 그 교육이 비록 사교육이라는 이름으로 이루어진다 하더라도 그것은 정말 바람직한 방향입니다. 그런데 과연 그것이 가능할까요? 정말로 그것이 논술고사를 준비하는 유일한 방법임을 사교육이 알고 있다면 몇백만 원의 수강료를 받으면서 '단기 논술 완성' 같은 강좌는 개설하지 말아야 하지 않을까요?

사실, 2008년도 대학입시에서 처음으로 도입된 '통합교과논술'은 학교수업의 근본을 '지식암기형 수업'에서 '종합적 사고력 신장을 위한 수업'으로 전환시키려는 의도에서 출발한 것이었습니다. 당시 교육 당국은 거액을 들여 전국의 학교논술교육 동아리를 지원했고, 이러한 과정은 통합교과논술에 대한 관심이 커지는 가운데 '학교논술교육 붐'을 일으킬 수 있었습니다. 그러나 시행한 지 1년도 지나지 않은 시점인 2009년도 대입에서 '통합교과논술고사'를 축소하고 수능점수제를 도입함에 따라, 전국의 대다수 고등학교는 수능시험을 준비시키기 위한 '지식암기형 수업'으로 되돌아갔습니다. 교육 전문가들이 인재의 조건이 달라졌다고 아무리 목소리를 높여도 인재를 평가하는 방식은 오히려 과거로 되돌아간 셈입니다. 그러면 정말 논술은 실패한 정책일까요?

바늘보다 실이 굵다

정책을 시행하는 것은 언제나 어렵습니다. 하나의 정책이 시행되면 많은 목소리가 들려옵니다. 아이들을 대상으로 하는 것은 더욱 그렇습니다. 대구통합교과논술지원단을 조직하여 가장 먼저 시행한 일이 논술 관련 자료의 개발과 토요논술학교입니다. 공교육에서 논술을 감당해야 한다는 믿음과 함께 학교논술수업의 모형을 완성하고 싶었습니다. 하지만 내 의도와는 달리 서로 다른 마음을 지닌 목소리들이 나에게로 달려와 내 안에서 싸웁니다. 목소리 하나.

"안녕하세요? 토요논술학교 담당 장학사님이죠?"
"네. 누구십니까?"

"고등학교 학부모입니다. 늘 선생님의 애쓰시는 모습을 보고 있습니다. 신문을 보니 토요논술학교가 시작되었다던데요."

"네. 학교의 신청을 받아 3월 24일에 개강했습니다."

"그런데 제 아이가 신청을 못해서 방법이 없을까 하고 연락드렸습니다."

"죄송합니다. 이미 반 편성이 완료되어 추가 신청을 받을 수가 없네요."

"수강료는 어떻게 되나요?"

"학생들은 무료로 수업합니다."

"그렇군요. 제가 말씀드리고 싶은 것은 기회를 갖지 못한 아이들은 이런 교육의 혜택을 조금도 받지 못한다는 점입니다."

"모든 아이들에게 교육의 혜택을 주지 못한 점, 죄송하게 생각합니다. 하지만 교육청이 수용할 수 있는 범위가 있으니까요. 그 문제는 아무래도 학교측에서 해결해주어야 할 것 같습니다. 학교에 문의해보시면 어떻겠습니까?"

"학교에 전화를 드린 적이 있습니다. 논술과 관련한 계획은 없다면서 다른 학교도 마찬가지일 거라고 하더군요. '그러면 아이를 학원에 보내라는 말씀인가요?' 하니까 그건 자신들이 답변할 문제가 아니라더군요. 저희 집에 고등학생이 둘인데 학원비가 어느 정도인지 아시나요? 정말 답답합니다."

"네. 저도 말씀을 들으니 답답하네요. 지금 제가 도와드릴 수 있는 일이라면 도와드리겠습니다."

"학교에 전화해서 논술 좀 하도록 말씀해주세요. 주변의 학교와 연계해서 운영할 수도 있지 않을까요? 저녁에 11시 30분까지 아이들을 잡고 있으면서 논술 관련 프로그램과 같은 과목을 개설하는 건 학교의 당연한 책무라고 생각합니다."

"교육청은 말 그대로 학교교육을 지원하는 곳입니다. 학교에 지시하거나 강요할 수는 없습니다. 학교에도 나름의 어려움이 있겠지요. 오히려 학부모님께서 좋은 의견을 학교에 직접 말씀하시는 편이 더 나을 것 같습니다."

"아닙니다. 별로 기대하지 않습니다. 그냥 하도 답답해서 푸념을 했습니다. 미안합니다."

"곧바로 도움을 드리지 못해서 마음이 무겁습니다. 저도 방법을 찾아보겠습니다."

통화가 끝나고 한참이나 일이 손에 잡히지 않았습니다. 얼마나 답답하실까? 학부모의 요구를 모두 들어줄 수 없는 학교 현장의 어려움을 알면서도 괜히 선생님들이 원망스러웠습니다. 전혀 다른 성격의 목소리 또하나. 처음부터 아주 불쾌한 어조로 따지듯이 물어왔습니다.

"토요논술학교 담당자이십니까?"

"네. 그렇습니다."

"토요논술학교가 시작되더군요. 수강료는 얼마나 되고, 수업은 누가 하나요?"

"네, 수강료는 없고 현직 선생님들이 지원단을 조직하고 수업에 임하고 있습니다."

"선생님들이 무슨 논술수업을 합니까? 전문성은 있습니까?"

"그러면 누가 수업을 해야 하나요? 저는 선생님들이 최고의 전문가라고 생각합니다."

"최고의 전문가인데 왜 공짜로 하나요?"

"여긴 학교교육이니까요. 그건 교육청의 당연한 책무이기도 하구요."

"아이들에게 별로 도움이 안 되는 그런 거 하지 마세요. 왜 교육청이 나서서 그런 일을 하는 겁니까?"

"도움이 되는지 안 되는지는 아이들이 판단하겠지요? 그런데 그런 말씀을 하시는 선생님은 누구세요?"

'뚜뚜뚜뚜…….'

이 세상에는 많은 사람들이 서로 다른 풍경으로 살아가니까 그럴 수도 있겠다 하면서 마음을 가라앉히려고 하는데도 불쾌한 기분은 한참이나 더 지속되었습니다. 어쩌면 이런 목소리는 대한민국이라는 나라에만 있는 게 아닐까요? 제도권 교육에서,

그것도 아이들에게 지금 당장 필요한 교육을 제공하는 것이 왜 질타의 대상이 되어야 하는지 궁금했습니다. 사교육 업체가 주식시장의 우량기업으로 숨쉬는 나라. 본말이 전도된 교육 풍경에 한없이 마음이 아팠습니다. '말하여질 수 없는 것들의 절벽'이 거기에 있었습니다.

실마리를 찾다

보통 학원에서 8주간 이어지는 논술수업에서는 매주 논술문을 내고, 강사로부터 첨삭을 받는다. 이와 관련, 학원가에서 통용되는 논술 첨삭의 불문율이 있다. 무조건 첫 주에 점수를 박하게 준다는 것. 1주차 첨삭에서 50점을 받으면 학생들은 '그래, 내가 원래 논술 못하잖아'라고 스스로 자신의 점수를 인정한다. 2주차에서 강사는 살짝 점수를 올린다. 55점. '어? 내가 일주일 만에 실력이 늘었네?' 학생들은 이렇게 생각하며 수업의 효과를 보고 있다고 생각한다. 3주차에 60점, 4주차에 70점을 받으면 학생들은 진짜 자신의 논술 실력이 일취월장했다며 자신감을 가진다. 이때 5주차에서 선생은 슬쩍 점수를 내린다. 다시 60점. 학생들은 수업 중반에 느슨해졌던 마음을 다시 추스르며 긴장감을 갖는다. 6주차에 70점으로 올리고,

7주차에 80점, 마지막 주에 90점으로 마무리하면 학생들은 8주간 논술수업을 통해 실력이 향상되었다고 여기고 강사에 대해서도 좋은 평가를 내린다.

_이상수, 『논술공부 99%는 잘못됐다』에서

논술 사교육을 담당했던 사람의 자기반성이니까 이건 사실일 것입니다. 하지만 학부모들의 뜨거운 교육열은 이러한 진실을 멀리했습니다. 내 자식을 위한 무조건적인 이기심이 덧붙으면서 논술교육은 결국 막다른 골목에까지 다다른 것입니다. 그래서 결국 대학별 논술고사는 정책 당국이 나서서 축소 혹은 폐지를 요구했습니다.

어떤 이는 대한민국의 논술 정책은 실패했다고 단언했습니다. 결과적으로 보면 정책의 실패는 분명합니다. 하지만 그 실패는 단지 대학입학을 위한 전형방식으로서의 대학별고사라는 측면에서 접근한 정책 수행 방식상의 잘못이지, 정책의 본질 자체가 잘못된 것은 아닙니다. 대학도, 사교육도, 심지어 학교교육조차도 '논술'교육을 한 것이 아니라 대학별 논술고사를 대비하기 위해 '논술 문제'를 푸는 방식에 대한 교육으로 접근했습니다. 논술은 단지 입시를 위한 수단에 불과했던 것이지요. 당시 교육부는 엄청난 예산을 학교논술교육동아리 지원과 논술 관련 연수에 쏟아부었습니다. 특히 대구교육청은 대구통합교과논술지원단을 중심으로 학교논술교육동아리 컨설팅을 비롯해서 실습 중심의 교사연수를 진행했습니다. 출판사에서는 논술 교과서를 비롯한 다양한 논술 관련 서적을 냈습니다. 그러나 거기까지였습니다. 정규수업뿐만 아니라 보충수업, 자율학습, 각종 잡무에 시달리는 고교 교사들은 마침내 지치기 시작했습니다. 어떤 학교에서는 급한 나머지 논술을 정규교육 과정으로 편성하여 운영하기도 했습니다.

하지만 논술을 정규교육 과정으로 편성하면서 논술교육의 문제점은 오히려 커졌습니다. 정규교육 과정의 교과목이 되면 논술 교과목을 담당할 특정 논술교사가 필요합니다. 그러나 논술을 특정 논술교사가 전담하는 것은 큰 문제입니다. 아무래도 국어교사나 철학교사, 또는 사회교사가 맡아야 할 텐데, 만약 그렇게 된다면 다양한 교과목의 내용을 포함한 통합적 수업을 하기 어렵습니다. 자신이 맡은 교과목과 거리가 있는 교과목을 심도 있게 수업하는 것은 사실상 불가능에 가깝기 때문입니다. 그러면 결국 그 수업은 일반적인 논술 이론 수업에 그칠 가능성이 큽니다. 더구나 다양한 교과목의 교사가 함께 논술수업을 한다고 하더라도 시수 배정이 쉽지 않습니다. 나아가 교과서의 차례를 그대로 활용한다면 통합 수업 자체가 어려워집니다. 결국 대부분의 사교육 기관이 시행하는 논술수업과 구별되지 않는 상황이 되는 것이지요. 논술교육을 버림으로써 학교교육은 교과목의 통합이라는 미래지향적인 학습의 방향도 놓쳤고, 사교육이 절대 따라올 수 없는 하나의 교육방법을 스스로 버린 셈입니다.

논술은 국어나 수학, 과학과 같은 일정한 형식(커리큘럼)을 갖춘 교과목이 아닙니다. 그보다는 그런 교과목을 학습하기 위한 방법론입니다. 1980년대든, 90년대든, 2000년대든 학생들이 배워야 할 내용contents이 크게 달라졌다고 볼 수는 없습니다. 다만 지식 정보화 사회에서는 피동적인 지식 습득보다는 능동적인 학습과 학습한 내용의 창의적인 활용이 요구됩니다. 이러한 요구와 요청이 논술이라는 방법론으로 구체화된 것입니다.

이런 수업 어떻습니까

2006년 9월에 대구통합교과논술지원단이 출범했습니다. 2007년부터는 학교에서 통합교과형 논술수업을 시작했습니다. 학교논술교육을 효율적으로 실시하고 있다는 전국의 여러 학교를 방문하여 프로그램을 참관한 다음, 그 장점만을 모은 우리들만의 프로그램이었습니다. 논술수업은 수강신청을 한 학생들을 대상으로 토요휴업일을 활용하여 종일 실시되었습니다. 당시에 실시했던 통합교과적인 논술수업과정을 소개하면 다음과 같습니다.

"아침 9시. 수업을 담당할 교사들은 간밤에 늦게까지 토의하고 준비한 통합교과논술 자료를 마지막으로 점검하고 수업과정에 대해 의견을 나눈다. 이미 한 달 전부터 준비한 자료들이다. 매일 만나서 수업할 내용에 대해 연구하고 자료를 수집하고 문항을 만들었다. 수업은 총 4차시로 구성되어 있고 각 차시는 90분이다. 1·2반은 인문반, 3·4반은 자연반이다. 1차시와 2차시는 서로 다른 과목을 담당하는 선생님이 교차하면서 진행한다.

1반에서는 사회과 교사가 논술수업의 전반적인 과정을 소개한다. 오늘 함께 고민할 문제는 '조선 후기를 통해 본 세계화 대응 방식'이다. 3개 조로 나누어진 아이들이 차례로 자신들이 조사한 내용을 PPT를 활용해서 발표하고 다른 조 아이들의 질문에 답변한다. 아이들의 발표가 끝난 뒤, 선생님이 북벌과 북학, 우리나라의 개방화 과정, 최근의 세계화와 관련된 내용의 수업을 실시한다. 그다음 읽기 자료를 아이들에게 배부한다. 읽기 자료는 병자호란 당시의 상소문, 북학 관련 자료, 세계화 관련 자료 등으로 되어 있다. 정리할 시간을 20분쯤 준다. 아이들은 각자 분석한 읽기 자료의 내용을 발표하고 의견을 나눈다. 토론의 방식은 찬반논쟁보다는 자유토론으로 한다. 다소 거칠지만 아이들의 생각은 기발하다. 아이들은 자신의 의사를 자연스럽게 전달한다. 선생님은 조별로 돌아다니면서 아이들의 거친 의견을 정리한다. 마지막으로 아이들은 주어진 논제와 관련한 발표를 한다. 다른 조의 아이들은 발표 내용에 대해 질문하고 발표조가 대답한다.

2반에서는 국어과 교사가 수업을 진행한다. 수업의 과정은 동일하다. 아이들은 조별로 박지원의 문학, 열하일기 등에 대해 발표하고 질문과 대답을 반복한다. 이 과정이 끝나면 교사가 읽기 자료를 배부한다. 읽기 자료는 박지원의 『열하일기』의 한 대목이다. 사회과에서 제기한 문제를 해결할 수 있는 대안을 마련하기 위한 자료이다. 조선 후기에 개방과 관련해 깊이 고민한 지식인 박지원의 탐색을 통해 현재 우리들의 대응 방식을 찾는다. 읽기 자료의 독해에 관해서도 함께 고민한다.

3반은 자연계열을 지망하는 학생들이다. 자연계열반 주제는 '물의 본질과 사용 방법'이다. 선생님(수학 담당)이 함수와 관련된 문제를 제기한다. 아이들에게 문제를 풀게 한 다음, 앞으로 나와서 칠판에 적으며 설명하게 한다. 다른 아이들은 문제를 풀어가는 과정을 확인하면서 자신만의 방식을 찾아본다. 선생님은 어려운 내용에 대해 질문하는 학생들과 함께 고민하고 해결 방안을 찾는다.

4반도 자연계열을 지망하는 학생들로 이루어져 있다. 선생님(화학 담당)이 수리과학논술에 관해 전반적으로 설명하고 물과 관련된 읽기 자료를 배부한다. 서로 토론하는 과정을 통해 아이들은 물의 본질과 소중함에 대해 인식한다.

점심시간 이후 3차시는 글쓰기 시간이다. 3~4개 정도의 논제가 담긴 문제지를 받은 아이들은 글쓰기를 시작한다. 각 논제는 300~400자 정도이고, 마지막 문제는 통합문항으로 1,200자 정도의 분량이다.

4차시는 첨삭 및 종합토론 시간이다. 먼저 친구가 쓴 글을 서로 돌려가면서 읽는다. 미진한 부분이나 문제시되는 부분은 서로 의견을 나눈 다음, 두 명의 선생님께 질문을 한다. 90분으로 예정된 시간이 훌쩍 지나고 오후 5시가 된다. 아이들에게 작성한 논술문을 홈페이지 게시판에 올리도록 안내하고 수업을 끝낸다. 홈페이지에 올린 논술문은 선생님들이 댓글을 통해 간단하게 첨삭을 한다."

하루종일 수업을 했음에도 불구하고 아이들의 표정은 밝았습니다. 자신들이 바로 수업의 주인공이었기 때문입니다. 처음 수업을 시작할 때는 일부 아이들의 발언만으로 진행되지만 시간이 지나면 대부분의 아이들이 열의를 가지고 토론에 참여합니다. 이처럼 논술수업은 아이들에게 능동적인 의사소통에 대해 가르칩니다. 학교교육이 논술을 담당해야 하는 이유가 여기에도 있습니다. 그날 논술 동아리 홈페이지 게시판에는 아이들이 작성한 논술문은 물론이고 수업을 준비해주신 선생님들에 대한 고마움의 글이 가득했습니다.

교과통합적인 수업은 서로 성격이 다른 학과의 거리를 좁혀

주는 동시에 생각이 다른 사람들이 서로 소통하는 공간을 마련합니다. 국어와 사회만이 아니라 국어와 역사, 경제와 역사, 철학과 문학, 수학과 물리, 물리와 생물 등 다소 비슷한 교과목 사이의 소통을 만들어냅니다. 거기에만 그치지 않습니다. 교과통합적인 수업은 인문학이 가치를 다루고 자연과학이 사실을 다룬다는 이분법을 넘어 상생의 방법을 찾을 수도 있습니다. 분명 서로 다른 학문이지만 그 다름을 인정하는 그 지점에서 새로운 만남이 시작됩니다. 그래서 이런 수업도 시도되었습니다.

"'이 시대의 진정한 리더십'이라는 공통소재를 택하고 국어, 역사, 수학, 물리 교사가 만났다. 중심소재는 '이순신'이다. 국어교사는 소설 『칼의 노래』와 드라마 〈불멸의 이순신〉을 통해 진정한 리더십이란 무엇인가를 느끼고 분석한다. 역사교사는 교과서를 토대로 임진왜란 당시의 군사편제, 전쟁의 과정, 국제정세 등을 연구한다. 수학교사는 학익진의 수학적인 분석과 함포의 사정거리를 포물선의 원리를 통해 확인한다. 물리교사는 거북선이라는 철갑선에 대한 분석을 통해 부력의 원리, 함선(평저선, 첨저선)의 형태를 연구하고 왜 남해안이라는 환경에서 이순신의 함대가 승리할 수밖에 없었는지를 살핀다. 물론 그러한 모든 과정은 이순신이라는 민족 영웅이 지닌 리더십으로 통합되면서 오늘날의 리더가 갖추어야 할 기본 자질에 대한 깨달음으로 발전한다."

소위 인문계와 자연계로 나누어진 아이들은 상이한 영역에 대한 이런 방식의 탐구에 무척 흥미를 느끼고 있었습니다. 인문학이 자연과학의 비전 설정에, 자연과학이 인문학의 발전에 도움을 주는 풍경은 상상하기만 해도 즐겁습니다. 이러한 접속과 횡단은 학문의 세계만이 아니라 사회 전체에 엄청난 활기를 불어넣습니다. 자기만의 세계에 갇힌 지식인은 사회 발전에 별 도움이 되지 않습니다. 아마도 이런 교육이 지속적으로 진행되었더라면 2014년 교육의 화두인 융합교육 과정은 벌써 어느 정도 완성되지 않았을까요?

그런데 아쉽게도 학교논술교육은 이런 방향으로 전개되지 못했습니다. 당시에 각급 학교에서는 논술을 교과목으로 설정하기도 하고 유명 출판사에서는 논술 교과서까지 잇달아 개발했습니다. 논술이라는 과목이 수학능력시험의 한 영역이고 논술의 이론을 배워 객관식 문제를 푸는 것이라면 그렇게 하는 것이 하나의 방법이 될 수도 있겠지요. 하지만 통합교과논술은 이론으로 배울 수 있는 무엇이 아니라 수업을 진행하는 방법 그 자체입니다.

'드라마에서는 NG가 나면 씨익 한 번 웃어주고 다시 찍으면 그만이지만 교육현장에는 NG가 없다. 수많은 시행착오를 거치면서 아이들을 만나야 하고, 교육이라는 포기할 수 없는 전제 아래 교단에 서는 것이다'라는 말을 들은 적이 있습니다. 그만큼 교육은 어렵다는 것을 보여주면서도 신중하게 임해야 한다는 말이겠지요. 일본은 교육개혁을 20년 가까이 지속적으로 펼치고 있습니다. 논술이 사교육 시장의 주범이라느니, 아이들에게 입시 부담을 하나 더 늘리는 것이라느니, 교사들이 논술수업을 제대로 준비할 시간이 없다느니 하는 것은 오히려 교육의 본질에서 벗어난 주장입니다.

다시 말하지만 통합교과논술은 교과목이 아닙니다. 그것을 학습하기 위한 방법론일 뿐입니다. 나아가 통합교과논술은 논술 학원이나 독립된 교과를 통해 특정한 형태를 지닌 글쓰기 훈련을 받는 것이 아닙니다. 자신과 자신을 둘러싼 세계에 대해 스스로 생각하고, 그 생각을 효과적으로 표현하기 위한 자기만의 방법을 터득하는 과정입니다. 이러한 과정은 교육적으로 매우 중요합니다. 글은 남의 것을 이용할 수 있겠지만 생각은 남이 해줄 수 있는 것이 아니기 때문입니다. 서로 다른 생각을 지닌 사람들이 자유롭게 자신의 마음을 나누는 풍경이 그립습니다.

교육은 질문을 공유하는 과정

토요논술학교가 다시 시작되었습니다. 논술지원단은 몇 번의 워크숍을 거쳐 2012년까지 이루어진 주제별 통합교과형 수업형식을 바꿔서 대학별 실전 중심 논술수업으로 교육 과정을 엄격하게 운영하기로 결정했습니다. 운영방식을 대학별 논술고사 대비를 위한 실전 형태로 바꾼 이유는 입시라는 현실적인 벽을 넘어야 하는 우리의 교육현실을 받아들인 결과입니다. 사실상 그동안 독서를 비롯해 책쓰기와 토론교육 정책을 추진하기 위해 정신없이 움직이면서도 논술교육을 버릴 수 없었던 이유는 선다형으로 이루어진 평가제도, 나아가 그것을 위한 일방적인 수업방법을 개선할 수 있는 가장 현실적인 방안이 거기에 있다는 믿음을 여전히 지녀왔기 때문입니다.

독서, 토론, 글쓰기 등이 통합적으로 이루어져야 대비할 수 있는 논술고사는 분명 교육의 미래나 사회의 발전을 위해서도 바람직한 평가방식입니다. 그러나 논술교육이 한국교육의 주된 흐름과 보조를 맞추기는 쉽지 않았습니다. 한국교육은 오래도록 '보편타당한' 정답, 특히 '객관적'으로 요약된 것을 요구해왔습니다. 그러다보니 현실적으로 가장 유용하다고 인정받는 수업방법이 일방적인 강의식이었습니다. 논술고사조차도 그렇게 하면 대비할 수 있다면서 수백 명의 학생들을 모아놓고 일방적인 수업을 합니다. 정답을 요구하다보니 자연스럽게 '매뉴얼'을 중시합니다. '매뉴얼'은 유용하지만 하나의 예시일 뿐입니다. '매뉴얼'을 따르다보면 '나'는 어딘가로 사라집니다. 갖가지 논술 관련 책들도 대부분 '매뉴얼'입니다. 논술이 '나'와 '세상'이 나누는 대화라면 '나'가 사라진 거기에서 소통이 일어날 수 없습니다. 훌륭한 레시피를 외우고 있다고 누구나 맛있는 음식을 만들 수는 없는 것처럼 말입니다.

한국형 논술의 가장 큰 특징은 제시문이 존재한다는 점입니다. 선발고사가 갖는 객관성을 확보하기 위해서는 불가피한 선택이었다고 할 수 있습니다. 제시문을 통해 제한된 관점을 제시하는 까닭은 기본적인 접근의 방향을 보여주기 위함입니다. 그렇게 제한했음에도 불구하고 논술에서 다루는 주제들은 학생들에게 여전히 낯섭니다. 이런 주제들을 던져놓고 학생들에게 자신의 견해를 제시하도록 요구하는 것은 당연히 무리입니다. 한국의 학교교육이 '외우기'와 '정답 찾기'에 매몰되어 있는 한, '나'의 견해가 존재할 수 있는 여지는 없습니다. 논제 자체도 대체로 전제가 있는 것이어서, 학생들은 우선 '어느 것이 정답일까'부터 고민합니다. 하지만 학생들이 가장 먼저 해야 할 일은 '정답 찾기'의 습관을 버리는 것입니다. 한국형 논술에도 정답은 없습니다. 아니, '다양한 정답'이 존재합니다. '다양한 정답'은 일방적인 강의로는 결코 찾을 수 없습니다. '다양한 정답'에는 반드시 서로 다른 '나'가 전제되어야 하기 때문입니다.

분명 지금도 강의가 필요한 수업이 존재합니다. 지식 자체에 대한 이해를 돕는 수업도 필요하기 때문입니다. 그러한 방식은 대량생산이 필요한 산업화 시대에는 적절한 것이었습니다. 목표를 설정하고 해답을 만든 다음 열심히 달려 그 목표를 성취하고 해답을 얻도록 합니다. 그 결과 한국은 단기간에 잘사는 나라의 반열에 오를 수 있었습니다. 하지만 그런 방식은 더이상 유용하지 않습니다.

지금 우리에게 필요한 것은 '해답을 공유하는 공동체'가 아니라 '질문을 공유하는 공동체'입니다. 해답은 오히려 끊임없이 생산되고 해체되어야 할 무엇일 뿐입니다. 질문의 공유는 서로 다른 많은 답을 생산합니다. 질문을 공유하는 공동체에서 해답은 '틀린' 답이 아니라 서로 '다른' 답일 뿐입니다. 강의와 선다

형은 결코 서로 '다른' 답을 만들어내지 못합니다. 거기에는 '맞는' 답만이 있을 뿐입니다.

‘지금, 여기’에서 ‘내일, 거기’로

> 유목은 단순한 편력이 아니다. 그렇다고 유랑도 아니다. 그것은 움직이면서 머무르는 것이고, 떠돌아다니면서 들러붙는 것이다. ‘지금, 여기’와 온몸으로 교감하지만, 결코 집착에 사로잡히지 않는다. 어디서든 집을 지을 수 있어야 하고, 언제든 떠날 수 있어야 한다. 한 마디로, 그것은 세상 모두를 친숙하게 느끼는 것이지만, 마침내는 세상 모든 것들을 낯설게 느끼는 것이다.
>
> _고미숙, 『열하일기, 웃음과 역설의 유쾌한 시공간』에서

한동안 젊은이들의 스펙 쌓기 열풍이 불었습니다. 알고 보면 스펙 쌓기도 그들의 주체적인 선택이었다기보다 ‘지금, 여기’에 대한 불안감과 절망감의 다른 표현입니다. 남들이 다 하니까 나

도 하지 않으면 뭔가 낙오하는 듯한 느낌. 일종의 '평균의 자석' 원리인 셈이지요. 하지만 최소한 평균에라도 맞추어야 한다는 것은 분명 어리석은 선택입니다. 한 학급에서 체육복을 공동구매하기로 했습니다. 아이들 키의 평균을 구하니까 160cm가 나왔습니다. 그래서 선생님은 160cm의 키에 맞춰 35벌을 구입했습니다. 어떤 결과가 나왔을까요? 학급에서 체육복을 입을 수 있는 아이는 고작 대여섯 명에 지나지 않았습니다. 그럼에도 우리의 교육 평가에서는 여전히 평균을 중요시합니다. 그것은 오류를 전제한 평가일 뿐입니다. 평균은 아이들이 지닌 개별성을 무시하는 오류를 안고 있습니다.

생명은 본질적으로 개별성을 지닙니다. '덩이줄기'라는 것이 있습니다. 그것이 뿌리와 다른 것은 곁뿌리나 잔뿌리들이 모이는 어떤 중심이 없다는 것이죠. 중심이 없으니, 일정한 방향이나 도달해야 할 목적지 또한 있을 수 없습니다. 하지만 아무리 캐내어도 어딘가에 잔뿌리가 남아서 또 어딘가로 뻗어나가는 끈질긴 생명력을 지니고 있습니다. '지금, 여기'는 덩이줄기의 시대입니다. 어디서 생겨났는지, 어디로 뻗어나갈지도 모르는 수많은 잔뿌리들이 자신의 세포를 지니고 살아가는 시대입니다. 쉽게 통제할 수도 없고 통제되지도 않습니다. 여기를 막으면 저기에서 터지고, 저기를 견제하면 여기에서 목소리를 높입니다. 방법은 하나! 그 존재를 존재 그대로 인식하고 그 존재를 위한 시간과 공간을 제공하는 것뿐입니다. 존재는 자신의 존재를 위한 시간과 공간만으로도 충분히 기본적인 삶의 의미를 지닐 수 있기 때문입니다.

'지금, 여기'는 중요합니다. 무엇보다도 내가 '지금, 여기'에 살고 있기 때문입니다. 하지만 '지금, 여기'와 온몸으로 교감한다고 하더라도 거기에 집착해서는 안 됩니다. '지금, 여기'가 친숙하다고 느끼는 순간, 그건 이미 지나간 시간과 공간입니다. 거기에서 집착이 생기고 오류가 발생합니다. 아이들은 이미 유목에 익숙합니다. 유목을 거부하고 '지금, 여기'에 머무르고자 하는 아이들은 자신의 선택이라기보다 어른들의 선택에 의한 것일 따름입니다. 어른의 그늘 속에서 언제까지고 살 수 없기에, 그런 아이들은 '지금, 여기' 외에는 다른 세계를 알지 못합니다. 결국 변화하는 환경에 적응하지 못하고 낙오합니다.

'지금, 여기'가 중요한 것은 궁극적으로 '내일, 거기'를 찾아가는 길이 거기에 있기 때문입니다. 영화 〈죽은 시인의 사회〉에서 키팅 선생님이 '현재를 즐겨라'고 한 것은 멋대로 현재를 유희하라는 뜻이 아니라 현재 내가 마음을 두는 거기에 최선을 다하라는 말입니다. '지금, 여기'는 흐르는 시간처럼 '내일, 거기'로 흘러갑니다. 이른바 노마드의 시대이지요. 미디어 이론가인 마셜 맥루언은 "사람들은 빠르게 움직이고 세계 각지를 돌아다니면서 전자제품을 이용하는 '유목민nomad'이 될 것"이라고 내다

봤습니다. 프랑스 사회학자 자크 아탈리도 "21세기는 디지털 장비로 무장하고 지구를 떠도는 '디지털 노마드'의 시대"라고 규정했습니다.

이러한 유목의 시대, 덩이줄기의 시대에 선생님들은 어떻게 해야 할까요? 아이들은 자신이 지닌 잠재력에 대해 잘 알지 못합니다. 아이들의 잠재력을 이끌어내는 것은 정확한 지적과 비판보다는 호기심과 관심입니다. 따라서 선생님은 네비게이션이 되어서는 안 됩니다. 나침반의 역할을 해야 합니다. '이게 되겠어?'라고 하면서 선생님의 판단으로만 길을 제시하지 말고, '한번 해볼래?' 하면서 스스로 길을 찾을 수 있도록 자극해야 합니다. 그러한 자극을 통해 자신만의 스토리를 만들 수 있는 힘을 아이들에게 주어야 합니다.

6부

책읽기, 책쓰기

독서는 행복한 영혼을 위한 자유이용권

차이와 반복은 사회의 궁극적인 단위입니다. 일상적인 삶은 반복되는 상황의 연속입니다. 그렇다고 해서 단순한 반복은 절대 아닙니다. 바로 차이를 포함한 반복입니다. 오늘 아침은 어제 아침과 같은 모습으로 시작되지만 결코 동일하지는 않습니다. 불어오는 바람의 색깔이 다르고, 둘러싼 풍경의 냄새도 결코 어제의 것이 아닙니다. 이른바 어떤 반복이든 이미 차이를 내포하고 있는 셈입니다. 고전 속에서 삶의 진실을 찾아가는 방법도 동일합니다. 고전에는 고단한 삶을 살았던 옛사람들의 마음이 담겨 있습니다. 과거의 나를 돌아보고 미래의 나를 만들어가기 위해서는 고전에 담긴 삶의 흔적들을 세심하게 들여다볼 필요가 있습니다. 하지만 그것만이 전부는 아닙니다. 차이도 찾아낼 수 있어야 합니다. 차이는 고전에 담긴 삶과 현재 나의 삶에 대한 냉정한 비교와 판단에서 이루어질 수 있습니다. 나아가 그것은 질문을 통해 드러납니다. 그럴 때 독서는 진정 내 것이 됩니다.

독서의 중심에는 언제나 사람이 있습니다. 쓴 사람도, 읽는 사람도, 책 안에도, 책 바깥에도 사람이 있습니다. 다가올 시대는 사람이 수단이 아니라 목적인 시대여야 합니다. 재화를 생산하기 위한 인적 자원이 아니라 스스로 살아 있는 존재 자체라는 것을 입증하는 시대, 어떤 풍경을 그리는 삶일지라도 삶 자체가 목적이 되는 시대, 쓰러져도 다시 일어설 수 있는 시간과 공간을 사람들에게 제공하는 시대. 진지하게 질문을 던져봐야 합니다. 삶에는 성공과 실패밖에 없는 것인지? 인간에게 성공이란 도대체 무엇인지? 현실적으로 성공과 실패를 구분하기 위한 가장 일반적인 방법은 줄을 세워 정하는 것입니다. 줄을 세워 정하는 것은 대단히 효율적인 제도입니다. 하지만 줄을 세워 순서를 정하는 방식은 단지 평가를 위한 수단에 불과합니다. 효율성이 사람을 평가할 수는 없습니다. 순서가 행복을 결정할 수는 없습니다. 여기에서 다시 독서의 힘이 드러납니다.

다시 한번 기본에 대한 이야기를 하고 싶습니다. 교육은 누구에게나 나름의 삶을 영위할 수 있도록 돕는데, 교육의 가장 기본이 되는 것이 바로 독서입니다. 독서는 교육의 선택지 중의 하나가 절대 아닙니다. 보편적 교육의 일환입니다. 자유로운 영토를 찾기 위해, 행복한 삶을 살기 위해 나아갈 수 있는 자유이용권입니다. 언젠가 만날 새로운 기회의 씨앗을 뿌리는 소중한 행위입니다. 나를 준비된 사람, 가능성 있는 사람으로 만들어가는 과정입니다. 단순히 공부라는 목적으로 독서를 하거나, 학과 공부할 시간을 뺏긴다는 이유로 독서를 멀리하는 것은 모두 잘못입니다. 책을 사랑한 다음이면 몰라도 처음부터 공부를 목적으로 하는 독서는 아이들에게 독이 됩니다. 책을 오히려 멀리하게 될 테니까요. 공부할 시간을 뺏긴다는 이유로 독서를 멀리하는 것은 문제가 더 심각합니다. 소위 교과목에만 집중한 공부는 자유로운 세계로 나아갈 수 있는 자유이용권을 잃어버리는 결과를 낳으니까요.

2000년대 초반, 학교 도서관 현대화 사업 이후 도서관은 학교에서 가장 아름다운 공간 중의 하나가 되었습니다. 10년이 흘러 일부 도서관은 리모델링이 요구되지만, 대한민국에서 가장 성공한 독서정책의 하나로 자리잡았습니다. 하지만 그 이후 독서정책은 오히려 의제를 잃었습니다. 독서기록종합지원시스템으로 대변되는 독서활동의 계량화는 결국 독서를 교과 성적의 하위 개념으로 한정시켜버렸습니다. 독서는 수단이 아닙니다. 그 자체가 목적인 고귀한 행위입니다. 새로운 전망의 단초는 바로 거기에 있을지도 모릅니다.

꿈을 찾아가는 책쓰기

토요일 오후, 약간은 따스한 바람이 부는 어느 고등학교 교실. 아이들에게 꿈에 대해 물었습니다. '초등학교 선생님, 회계사, 공인중개사, 통계학자, 고등학교 선생님, 동시통역사, CEO, 작가, 대통령…….' 대통령이라는 말에 몇몇 학생들이 멋있다고 반응했습니다.

갑자기 한없이 씁쓸했습니다. 아이들의 대답은 자신의 미래를 그저 현재의 기준과 결부시켜 택한 것일 따름입니다. 꿈은 '꿈'이 아니라 '꾸다'라는 동사다, 이렇게 속으로 말하며 안타까움을 느꼈습니다. 요즘 나는 부당하고 불편하고 부정적인 풍경을 만나도 분노가 생기지 않습니다. 대체로 슬프거나 쓸쓸했습니다. 어쩌면 현재를 살아가는 나에게 슬픔과 쓸쓸함은 내가 살아 있다는 증거일 수도 있습니다. 그 나이 또래의 나는 무슨 생각을 하고 살았을까요? 난 그들처럼 꿈을 말하면서 살았을까요?

사실 나는 꿈을 꾸지 못하고 그 시절을 지냈습니다. 막연하게 선생님이 되겠다는 생각은 가졌지만 그건 미래를 향한 고민의 결과라기보다 당시의 내 기호에 따른 것이었습니다. 그것이 선생님이 된 나를 지배했습니다. 나는 내가 가르치는 과목에서는 가장 잘 가르치는 선생님이 되고 싶었고, 그 밖의 다른 영역은 내 삶의 시간과 공간에 존재하지 않았습니다. 삶은 한없이 곤고했고 무의미했고 답답했습니다. 이따금 삶을 생각하기보다 죽음을 생각할까봐 현실 밖의 공간에 나를 두기도 했습니다.

그러다가 문득 분노를 알았습니다. 답답한 현실 속에서 내 마음과는 어긋나는 사회의 모습들에 분노하기 시작했습니다. 나도 패배할 수 있다는 사실에 스스로에게 분노했고, 냉정하게 나를 버려두고 사라지는 존재들에게 분노했습니다. 조금씩 물질로 규격화되어가는 세상의 풍경에 분노했습니다. 더불어 분노하지 않는 사람들에게 분노했고, 그 분노를 분노하는 스스로에게 분노했습니다.

하지만 그 분노는 내 삶의 길에서 조금도 에너지가 되지 못했습니다. 분노는 대상을 향한 무조건적인 미움과 비난만 자라게 했습니다. 누군가를 미워하는 것은 사랑하는 것보다 힘들었습니다. 분노가 가득하던 그 자리에 쓸쓸함이 채워지기 시작한 건 그리 오래되지 않았습니다.

그러나 이제 나는 압니다. 분노보다도 슬픔과 쓸쓸함이 더욱 강력한 에너지라는 걸. 삶이 깊어지면 때때로 머물 곳도 필요합니다. 쓸쓸함은 강력한 에너지로 나를 지배했습니다. 그리고 문득 그 쓸쓸함으로 인해 지금 내가 살고 있는 공간의 행복에 대해 생각하기 시작했습니다. '지금, 여기'가 행복하지 않다면 '내일, 거기'도 결코 행복해질 수 없음을 깨달았습니다.

지금은 쓸쓸하지만, 사람들이여, 쓸쓸하지만 그것이 에너지가 되어 희망을 노래하는 것 또한 내 길임을 믿어야 합니다. 그것을 이야기로 만들어가면서 쓸쓸함을 내 안에서 키워야 합니다. 그 쓸쓸함이 절망을 희망으로 만들 수 있도록 느리지만 멈추지 않고 길을 걸어야 합니다. 길을 걷다보면 언젠가는 서로가 서로를 보듬고 사랑하는 그 시간을 만날 것입니다. 난 알고 있습니다. 지금의 내 쓸쓸함이 절망으로 인한 쓸쓸함이 아니라는 것을. 다시는 그 절망의 시간으로는 돌아가지 않을 것입니다. 단순히 분노하지 않고 절망을 절망으로 이기려 했던 사람들의 마음 안으로 돌아갈 것입니다. 그리움과 쓸쓸함을 노래할지언정 절대 절망을 말하지는 않을 것입니다. 누군가의 말처럼 더 '인간적인 사회'를 꿈꾸지 않고 덜 '비인간적인 사회'를 꿈꿀 것입니다. 오늘도 아이들은 친구들보다 한 등수 높은 자리를 차지

하기 위해 시험공부를 합니다. 그것조차 그들의 미래를 위한 씁쓸하지만 어쩔 수 없는 선택입니다.

사람들이여, 그대들은 비록 작은 존재이지만 그대가 생각하는 것보다 훨씬 크다는 것을 믿어야 합니다. 내가 꾸는 꿈은 이렇습니다. 스스로 보잘것없다고 여기는 그대들이 오히려 훨씬 큰마음으로 살아가도록 도와주는 것. 책쓰기는 보잘것없는 그대를 훨씬 큰 그대로 이끌어주는 길을 여는 열쇠입니다.

당신은 이미 스토리다

세상의 정치가들과 혁명가들이 세상을 바꾸어놓는다고 말을 하지만, 그 세상에 사는 사람들의 마음에, 영혼에, 인생에 조금씩 스며들어가 그들을 행복하게 만드는 것은 크리에이터들이다. 그들은 이야기를 만들어낸다. 하루를, 일주일을, 혹은 누군가의 인생을 행복하게 만들어준다. 그들은 곳곳에 살고 있다. 그들의 직업 또한 다양하다. 공무원이기도 하고, 의사이기도 하고, 동네 분식집의 주인이기도 하고, 과학자이기도 하다. 다른 사람의 마음을 행복하게 만드는 일을 하고 있다면, 그는 이미 창조적 작업가다. 그들이 바로 스토리를 만드는 사람들이고, 세상을 행복하게 만들면서 스스로의 삶도 행복하게 만드는 사람들이다.

_서영아, 『당신은 스토리다』에서

진실로 행복한 사람은 누구일까요? 겉으로 행복해 보이는 사람도 알고 보면 끊임없이 불행을 탄식하는 사람일 수 있습니다. 진정 행복한 사람은 자신이 세상을 기획하고 주도하는 사람입니다. 세상을 기획한다는 것은 거창한 일이 아닙니다. 행복한 사람에게 세상이란 바로 자기 자신이기 때문입니다. 살아간다는 것은 길을 걷는 것과 같습니다. 우리는 걸어가면서 이야기를 만듭니다. 그 이야기가 바로 드라마이고 뮤지컬입니다. 정치가나 혁명가만이 세상을 바꿀 수 있는 것은 아닙니다. 스스로 행복한 사람들은 타인의 마음에도 그 행복이 흘러들게 합니다. 이렇게 작은 것에서부터 세상은 조금씩 바뀔 수 있습니다. 다른 사람을 행복하게 만들 수 있다면 그는 이미 행복한 사람입니다. 행복한 사람은 자신만의 스토리를 만드는 사람입니다. 결국, 그건 바로 이 글을 읽는 당신일 수도 있습니다.

과학기술의 발달로 인해 모든 것이 편리해졌습니다. 이제는 기계가 오히려 사람을 지배하고 있습니다. 현재 나도 펜이 아니라 컴퓨터 자판으로 글자를 두드리고 있습니다. 하지만 기계는 사람을 편리하게 할 수는 있어도 감동을 줄 수는 없습니다. 그 한계는 자명합니다. 결국 우리는 사람들 사이에서 살아갈 수밖에 없기 때문이지요. 많은 미래학자가 말하는 것처럼, 이제 세상은 감성의 시대로 회귀할 것입니다. 단순히 놀라운 현상으로 사람들에게 다가갈 수는 없습니다. 워낙 놀라운 일들이 많아 사람들은 거기에 이미 익숙하니까요. 놀람은 놀람으로 그칩니다. 나아가 부러움으로 나타날 수도 있습니다. 거기에는 필연적으로 경쟁이 내포되어 있습니다. 그들의 행복을 부러워하는 마음이 행복할 수는 없습니다. 상대적인 결핍은 불행으로 가는 지름길입니다. 결국 길은 하나입니다. 함께 행복해질 수 있는 길. 사실 그 길은 공감에서 출발합니다. 공감할 수 있는 사람은 결국 감동을 주는 스토리를 만드는 사람입니다.

스토리에는 반드시 마음이 전제되어야 합니다. 마음과 마음이 만나는 스토리, 이른바 진정성을 지닌 스토리만이 다른 사람의 공감을 유도할 수 있습니다. 스토리의 힘은 진정성에서 나옵니다. 내가 타인의 진정성을 느끼는 순간에는 반드시 타인의 마음에 접속합니다. 그 접속은 따뜻한 체온을 공유하는 것과 같습니다. 거기에서 사람은 편안함과 더불어 행복을 느낍니다. 생각의 공유에서 주어지는 편안함은 최고의 행복이지요. 생각의 공유라는 것이 반드시 같은 생각을 의미하지는 않습니다. 서로 다른 생각도 충분히 공유될 수 있습니다. 서로 다른 생각의 공유, 바로 거기에서 철학이 의미를 지닙니다. 생각의 공유는 우리가 걸어가는 길의 궁극적 도착점입니다. 하지만 그 구체적인 방향이나 방법은 다양할 것이며 그 다양함을 다양함 그대로 인정하는 그것이 바로 공감입니다.

삶의 방식은 저마다 다릅니다. 당연하게도 내 삶이 이미 하나의 스토리이고 그 스토리는 날마다 달라집니다. 각자의 스토리는 자신을 넘어서 타인에게도 감동을 줄 수 있는 여지가 충분합니다. 누구의 스토리든 귀를 기울이면 진실을 만날 수 있습니다. 그 마음을 만나야 합니다. 거기에서 우리는 행복을 느낍니다. 따라서 우리 모두는 이미 행복한 사람이 될 필요충분조건을 갖추고 있습니다. 지금 바로 접속하세요, 횡단하세요, 그리고 생산하세요. 그리고 그 과정과 결과를 공유하며 공감하세요. 두려워할 필요가 없습니다. 길은 걸어가는 사람들에게만 존재하는 것이니까요. 내가 지금 행복을 위한 스토리를 창조한다면 그것보다 행복한 일이 어디 있을까요? 그것으로 타인들도 행복해질 테니까요. 당신은 바로 스토리 그 자체입니다.

작은 풀잎들이 바람을 맞으며 견디고

성이 난 채 길을 가다가, 작은 풀잎들이 추위 속에서 기꺼이
바람 맞고 흔들리는 것을 보았습니다. 그만두고 마음 풀었습니다.

_이철수, 「길에서」 전문

책쓰기가 뭘까요? 물론 책을 쓰는 것입니다. 이렇게 단순하게 말하고 나니 별것 아닌 것 같기도 합니다. 하지만 책쓰기에는 엄청나게 많은 별것이 담겨 있습니다. 책쓰기를 하면서 아이들은 일차적으로 책을 사서 읽기만 하는 소비자의 단계를 넘어섭니다. 아이들은 생산자와 창조자라는 새로운 경험을 하면서 자신의 미래를 스스로 디자인 합니다. 한국의 교육이 언제 아이들 스스로 자신의 미래를 디자인 하는 데 관심을 두기나 했던가

요? 열심히 공부하라고는 하면서 왜 공부를 해야 하는지에 대해 고민할 시간을 주지 않은 것 아닌가요? 무엇이 되어야 한다고 강요하면서도 어떻게 살아야 하는지에 대한 고려는 부족했던 것이 아닌가요? 어른들은 아이들의 안내자가 아니라 자신들의 이로움만 추구했던 것은 아닌가요? 책쓰기는 바로 그러한 교육에 대한 반성을 담은 프로그램입니다. 아이들의 미래에 대한 깊은 고민이 그대로 담긴 교육 프로그램입니다. 하지만 그것뿐일까요? 이철수의 판화에 담긴 위의 글을 보고 쓴 광고 디자이너 박웅현의 글은 이렇습니다.

> 화가 나서 걸어가고 있는데 아주 추운 날 작은 풀잎들이 바람 맞으면서 견디고 있는 걸 본 겁니다. 그 풀들은 얼마나 힘들었겠어요. 그 추위와 바람이 얼마나 야속하겠어요. 그런데 화를 안 내잖아요. 그냥 견디잖아요. 그걸 보고 '얼마나 대단한 일이라고 화를 내서 뭘 하겠어' 생각을 했다는 거죠. 이게 좋아요. 이런 것들이 좋아요. 저도 요즘 인터뷰하면서 "힘들 때 어떻게 하냐"는 질문에 그냥 "견딘다"라고 답합니다.
>
> _박웅현, 『책은 도끼다』에서

책쓰기 이야기를 하다가 갑자기 이철수와 박웅현의 글을 생뚱맞게 인용한 이유는 뭘까요? 바로 그 글 속에 책쓰기를 하는 가장 본질적인 마음이 담겨 있기 때문입니다. 책쓰기는 견디는 힘을 제공합니다. 아이들은 힘듭니다. 그것을 지켜보는 어른들도 힘듭니다. 그뿐이 아닙니다. 아이들을 키우기 위해 하루하루를 살아가는 어른들은 힘듭니다. 그것을 지켜보는 아이들도 물론 힘듭니다. 그렇습니다. 어른이든 아이든 사람들은 힘듭니다. 그것이 삶의 본질이니까요. 삶은 힘든 길입니다. 책쓰기는 그 힘든 길을 견디는 법을 가르쳐줍니다. 화가 나서 걷고 있는데 작은 풀잎들이 바람을 맞으면서 견디고 있는 풍경을 봅니다. 아이들은 그와 같은 풀잎입니다. 서로 다른 풀잎들이 바람 속에서 견디고 있는 이야기를 들으면서 또다른 풀잎인 자신을 들여다보는 과정이 바로 책쓰기입니다. 책쓰기는 자신이 한 권의 책을 냈다는 결과보다는 그 책을 내기까지의 과정이 더욱 소중합니다. 책쓰기를 하면서 나도 이젠 이렇게 대답할 수 있는 법을 배웠습니다. '힘들 때 어떻게 하냐?'고 하면 '견딘다'고 대답하는 법을.

누구에게나 꿈을 꾸고 그 꿈을 향해 길을 걸어갈 권리가 있습니다. 그렇게 걸어가는 길 위에서 주어지는 행복을 누릴 권리도 있습니다. 중요한 것은 꿈을 기억하고 행복을 누리는 마음 그 자체입니다. 책쓰기는 바로 그 마음을 담습니다. 지금 우리는 길을 걸어가기가 너무나 힘겹습니다. 책쓰기는 그 힘겨움도 담습니다. 힘겨움을 책쓰기에 담는 순간, 힘겨움은 스스로 풀립니다. 그리고 스스로 그 힘겨움을 견딥니다. 더불어 책쓰기를 하면서 마음을 공유하는 순간, 나도 사라지고 너도 사라지면서 우리가 됩니다. 그것이 소통이고 나눔입니다.

그렇습니다. 우리 모두는 꿈을 지니고 그 꿈을 향해 한 걸음씩 걸어가면서 행복이라는 단어를 품에 안고 싶어합니다. 나아가 그런 내 꿈을 타인과 공유하고 내 행복을 그들에게 나누어주고 싶어합니다. 그것은 단지 꿈일 뿐일까요? 아닙니다. 책쓰기는 그 꿈을 현실로 만듭니다.

하나의 작은 연대

저것은 넘을 수 없는 벽이라고 고개를 떨구고 있을 때
담쟁이 잎 하나는 담쟁이 잎 수천 개를 이끌고
결국 그 벽을 넘는다.

_도종환, 「담쟁이」(『당신은 누구십니까』) 부분

하늘이 며칠이나 계속해서 무겁게 내려앉아 있습니다. 소나기가 잠시 다녀가기도 했습니다. 이런 비는 쓸쓸합니다. 어떤 이는 남아 있는 사람들의 슬픔이 비가 되어 내린다고도 하고, 또 어떤 이는 떠난 사람의 눈물이라고도 했습니다. 타인을 위해 흘리는 눈물, 그것이 내 꿈이라고 언젠가 나는 감히 말했습니다. 타인을 위해 흘리는 눈물은 문명사회가 지닌 가장 큰 미덕입니다. 하지만 단순히 흘리는 눈물은 불행한 사람을 불행하다고 인식하는 행위에 다름 아닙니다. 언어로 표현하면 일종의 '연민'입니다. 그 행위가 진정한 의미를 지니기 위해서는 고통 받는 타인과의 진정한 '연대'를 이루어야 합니다. 정책을 만드는 사람들에게 진정한 연대는 정책으로 만나는 바로 그 지점에 존재합니다. 정책으로 발전하지 못한 타인의 불행에 대한 슬픔은 단지 연민에 지나지 않습니다. 그것이 정책으로 발현되는 순간, 연민은 연대로 발전합니다. 연민을 넘어 연대로 나아가는 거기에 대한민국의 '현재'가 지향해야 할 의미가 있습니다.

세상이 만들어놓은 현실의 벽은 높습니다. 그에 반해 연대를 말하는 사람들의 힘은 여전히 미약합니다. 이렇게 말하고 나니 마음이 더 무겁군요. 이미 저마다의 욕망이 삶의 전부가 되어버린 작금의 현실 속에서 과연 연대가 가능할까 하는 우려 때문입니다. 시대가 달라지면 시대가 담는 연대의 의미도 달라집니다. 여기서 말하는 연대는 1980년대에 존재했던 대규모의 연대가 아닙니다. 민족이나 국민 모두를 대상으로 하는 대서사의 시대가 지나고 개별 부족들이 만들어가는 개별적인 작은 서사의 시대에 우리는 살고 있습니다. 학교, 마을, 도서관, SNS, 블로그, 카페 등 온라인과 오프라인에서 다양한 형태의 부족들이 살아가고 있습니다. 일종의 유목시대인 셈이지요. 이런 시대에 존재하는 연대는 유연성과 자율성이 원칙입니다. 책쓰기는 그런 연대를 가능하게 만듭니다. 학교에서 만들어가는 책쓰기는 동아리 형태의 활동이 좋습니다. 상처를 지닌 아이들은 함께 책쓰기를 하면서 서로 '연민'하며 '연대'하는 법을 스스로 터득합니다. 내가 지닌 재능과 지식을 나누고 네가 품은 기쁨과 상처를 공유합니다. '저것은 넘을 수 없는 벽'이라고 생각하던 아이들이 서로 의지하면서 '결국 그 벽을 넘'습니다.

연대는 개인의 욕망을 비우는 마음에서 시작합니다. 심지어 개인의 고통을 수반하기도 합니다. 함께하려면 내 몫을 조금은 비워야 하기 때문입니다. 북유럽의 개인들은 내 몫을 비우는 데 전혀 인색하지 않습니다. 왜냐하면 그렇게 비운 내 몫이 궁극적으로 내 몫으로 다시 돌아올 것으로 믿기 때문입니다. 그것이 진정한 연대입니다. 무한경쟁은 모두를 패배자로 만들 수도 있습니다. 패배자는 특별한 경우가 아니면 다시금 패배자가 될 수밖에 없습니다. 경쟁의 조건이나 과정이 이미 정해져 있기 때문입니다. 우리가 주목해야 할 것은 바로 그 경쟁의 조건이나 과정의 정립을 위한 연대입니다. 연대는 경쟁을 부정하지 않습니다. 경쟁 속에서 서로 배려하고 나누는 마음입니다. 연대는 '푸르게 절망을 다 덮을 때까지 그 절망을 잡고 놓지 않'습니다.

'저것은 넘을 수 없는 벽'이라고 고개를 떨구지 말아야 합니다. 한 잎 한 잎 이어진 담쟁이가 벽을 타고 오릅니다. 우리의 관심은 담쟁이가 벽을 언제, 어떻게 넘을 것인가에 있지 않습니다. 우리가 저 식물을 통해 위로받는다면, 그것은 저 작은 한 잎 한 잎이 연대를 이루어 서로에게 받침이 되고 또 길이 되어가는 과정에 있습니다. 그들이 만들어내는 무늬에 있습니다. 단순히 슬픔으로 사람을 담지 말고, 연민으로 사람을 포장하지도 마십시오. 큰 틀을 강제로 바꾸려고 하지 말고 조금 늦더라도 천천히 연대하는 길을 걸어야 합니다. 현재 패배하거나 패배할 수밖에 없다고 절망하지 말고, 희망이 없다고 슬퍼하지도 말고 한 뼘씩 벽을 기어올라야 합니다. 어쩌면 그런 과정 자체가 지금과는 다른 삶을 만들어갈 것입니다. 벽을 넘었다는 결과보다는 '벽을 넘는다'는 현재의 과정이 더욱 중요합니다. 연대는 황홀한 결과보다는 아름다운 과정에서 느끼는 행복입니다. 이렇게 말하고 돌아보니, 담쟁이 넝쿨이 거친 마디를 드러낸 채 담벼락에 붙어 거친 숨을 몰아쉬고 있습니다. 언젠가 우리에게 푸른 스웨터를 보여줄지도 모릅니다.

책쓰기는 분명 별것이다

아무리 지나치려 해도 스치지 않고서는 지나갈 수 없는 길이 있습니다. 반면에 아무리 스치려고 해도 시간과 공간이 결코 허락하지 않는 길도 있습니다. 책쓰기는 나에게 스치지 않고서는 지나갈 수 없는 많은 인연을 만들어주었습니다. 더이상 견딜 수 없는 절망 속에서 희망을 찾아가는 길을 함께 걸어준 많은 인연들을 나에게 선물했습니다. 언젠가 선생님이라는 길, 학교교육이라는 길은 내가 비록 선택한 길이지만 이젠 도저히 희망이 되지 못한다고 느끼면서 절망한 적이 있었습니다. 사교육 시장이 던지는 유혹에 잠시 흔들리기도 했습니다. 물질적인 것보다는 내가 꿈꾸는 무엇인가를 함께할 수 있다는 그것이 나를 유혹했습니다. 그 무렵에 내가 그 길을 택했다면 나는 전혀 다른 나의 길을 걷고 있을지도 모릅니다.

하지만 나에게는 내가 걷는 길을 함께 걸어준 사람들이 있었습니다. 내가 먼길 걸어와서 다리 아프다고 주저앉았을 때, 물 한 모금이 필요했을 때 내 다리를 주물러주고 물이 담긴 바가지를 내민 그때 그 사람들이 여전히 내 곁에서 나와 함께 길을 걷고 있습니다. 신기한 건 8년이라는 시간 동안 함께 걸었지만 함께 걷고 있는 길에 대한 회의는 조금도 품지 않았다는 점입니다. 걸어가는 길의 풍경에 대한 서로 다른 수많은 의견도 궁극적인 방향에서는 일치했습니다.

교육이 무엇인가에 대한 기본적인 인식에서는 대부분 일치합니다. 하지만 그것이 실행되는 현장 속에서의 과정과 방법은 사람마다 다를 수 있습니다. 특히 학교교육이 지향하는 방향과 사교육이 지향하는 방향은 근본적으로 거리가 있습니다. 인식이 비슷하다고 방향조차 같을 거라고 생각하는 것은 위험합니다. 결국 나는 학교교육에 남았고 지금은 그 학교교육의 정책을 기획하는 행정을 담당하고 있습니다. 이 길을 선택한 순간 내 길의 방향은 이미 정해진 것이나 다름없습니다. 아이들을 직접 만날 수 있는 기회는 턱없이 줄어들었지만 여전히 아이들, 선생님, 학교를 위한 길을 걸어가기 위해 몸부림을 치고 있습니다.

며칠 전 '학생 저자 책 출판회'를 어떻게 진행할까에 대해 책쓰기 지원단 선생님들과 회의를 했습니다. 이번에 새로 지원단에 들어온 C선생님이 회의가 끝난 다음 의아한 표정으로 말했습니다.

"여기에 함께하시는 선생님들, 정말 이상해요. 이런 행사는 분명 교육청 행사일 수도 있는데 모두가 자기 일처럼 생각해요. 저도 그동안 이런 모임에 자주 참가했었는데, 대부분 잠깐 모였다가 일이 끝나면 모임도 끝나요. 그냥 도와달라고 하니까 도와주는 것이지요. 내 일은 아니라는 거죠. 그런데 여기는 달라요. 모두가 자기 일을 하고 있는 것 같아요."

대구여자고등학교 대강당에서는 책쓰기 결과물 출판기념회가 열렸습니다. 그동안 노력한 결과가 서울과 대구의 출판사에서 34권의 책으로 출간된 것입니다. 2009년부터 출간되기 시작한 아이들의 책은 벌써 112권에 이릅니다. 사실 이러한 숫자보다 더욱 감동적인 것은 이 세상에 하나밖에 존재하지 않는, 책으로 나오지 못한 수천 건의 책쓰기 결과물들입니다. 물론 그런 작품들은 12월에 이루어지는 책축제에서 만날 수 있습니다. 책을 쓴 어떤 아이는 이렇게 말했습니다. '책쓰기를 한낱 이상으로만 치부하고 불가능하다고 고개를 젓는 것은 그동안 한 번도 시도해보지 않았기 때문'이라고. 또 누군가는 쉽게 말합니다. '그게 별것이냐'고. 최소한 나는 그런 지적에는 단호하게 대답할 수 있습니다. 해보지도 않고 함부로 재단하는 것은 위험하다고. 그런 지적을 자신의 책을 낸 아이들에게 하면, 아이들은 이구동성으로 이렇게 대답할 것이라고.

'책쓰기는 분명 별것이다.'

한줄기 여린 바람처럼, 세렌디피티

친구야,

'한 도시 한 책 읽기 운동 선포식'을 마치고 네 글을 받았어. 넌 나에게 고마움을 전했지만 진짜 고마워해야 할 사람은 나야. 그만하면 우리 잘해낸 거지? 모두들 자기 일처럼 이리 뛰고 저리 뛰는 모습을 보면서 엉뚱하게도 나는 내가 참 복이 많은 사람이라고 생각했어. 이렇게 한 걸음씩 걸어가면 생각이 다른 사람들도 함께 걸어가는 시간이 오겠지? 기다리지만 말고 힘들어도 조금씩 다른 사람들에게 다가가자꾸나. 우리가 먼저 힘을 덜어주자. 난 믿어. 삶은 단순히 기다리는 게 아니라 한 걸음씩 찾으러 떠나는 것임을. 우리가 사랑하는 것들, 그러니까 사람들, 아이들, 풍경들, 슬픔들, 그리움들, 좀 거창하게 말하면 대한민국. 정말 버릴 수 없는 것들이잖아. 기다리지만 말고 한 발짝씩 찾으러 떠나야 하잖아. 그렇게 걸어가다보면 언젠가는 도착할 수 있을 거야.

친구야,

내가 좋아하는 말 중에 '세렌디피티serendifity'라는 것이 있어. 이 말은 무엇이든 우연히 잘 찾아내는 능력, 재수 좋게 우연히 찾아낸 것, 즉 '뜻밖의 행운'이라는 의미를 갖고 있어. 되새기면 되새길수록 아름다운 느낌을 가진 단어지 않니? 오늘 난 친구에게 이렇게 말하고 싶어. 아니, 오늘 함께 하루를 힘겹게 걸은 사람들에게 이렇게 말해주고 싶어. "넌 나에게 '세렌디피티'야."

삶의 길을 걷다보면 이런 시간, 이런 공간, 특히 이런저런 존재를 만나게 되지. 어쩌면 시간과 공간, 그리고 존재가 서로를 채우면서 이런 풍경으로 자라기도 한단다. 이렇게 말하고 나니까 나에게도 '세렌디피티'가 많다는 생각이 들어 무척 행복해. 물론 너도 내게 베스트 '세렌디피티'야. 이런 인연들로 만난 우리가 해야 할 일은 다른 사람의 눈물을 닦아주는 일이야. 그렇게 우리도 그들의 '세렌디피티'가 되는 거야.

친구야,

나는 그랬어. 제법 많은 시간을 살았고, 눈물과 함께한 시간도 있었지만 그 역시 내가 걸었던 시간이기에 소중했어. 내가 서 있었던 곳은 담벼락 아래처럼 위태로운 곳이었어. 때로는 바늘에 찔리고 칼날에 베이기도 했어. 하지만 나는 거기에 있었고 그 아픔과 눈물이 헛되지 않고 아름다운 기억으로 남아 있어. 시간과 공간, 그리고 존재가 함께 만든 풍경은 더욱 선명하게 저장되지. 그때 '풍경'이라는 언어는 나만의 언어야. 그 풍경 속에는 시간이 살고, 공간이 살고, 바로 사람이 살지.

친구야,

그런데 사람이 만드는 풍경은 종종 힘들 때가 많아. 손을 내밀어 움켜잡으면 풍경은 일그러지고 말아. 눈을 크게 뜨고 자세히 바라보면 풍경은 더욱 멀어 보여. 그래서 눈을 감으면 흐릿한 풍경들이 살아나면서 선명하게 다가온단다. 난 사람이 좋아. 비록 힘든 시간이어도 사람들이 만드는 풍경이 좋아. 사람들이 만들어준 내 안의 풍경을 지울 수 있는 내 삶의 지우개는 없었어. 눈물이 없지는 않았지만, 신음이 자라기도 했지만, 내가 만든 내 안의 풍경은 삶만큼이나 절실해. 그 절실한 풍경이 만드는 가장 소중한 사람들이 바로 지금 여기에 있는 우리야. '세렌디피티'는 그렇게 우리들이 함께 만들어온 내 안의 풍경일 뿐이야. '세렌디피티', 입안에서 바람 소리가 들려. 책쓰기는 바로 그 바람 소리야.

책쓰기는 길 위에 길을 만든다

걸개처럼 걸린 길 위의 길 풍경이 쓸쓸했습니다. 불현듯 길을 생각하면서 오히려 걸어가는 길을 잃어버린 적이 많았습니다. 길을 걷다보니 풍경으로 걸린 길들이 저만치 멀어지곤 했습니다. 그럴 때마다 난 울적하고 적막했습니다. 언어는 수없이 나를 배신하고 등을 돌렸습니다. 걷는 길에는 걷는다는 행위만 존재했습니다. 언어가 없는 행위는 궁극적으로 무의미했습니다. 바람도 불지 않았고, 파도도 치지 않았고, 꽃도 피지 않았고, 잎이 떨어지지도 않았습니다. 그래도 걸어야 하는 마음이 한없이 힘겨웠습니다. 언어가 없으니 남은 풍경도 없었습니다. '그랬구나. 언어가 풍경을 만드는구나. 풍경으로 남은 기억들은 모두가 언어로 저장되었구나.' 언어로 기억된 풍경들이 머릿속을 기어

다녔습니다. 다소 고통스럽지만 그것이 없었다면 이미 나는 내가 아닐 것입니다. 찌그러진 풍경들도 언어로 저장되면 온전한 풍경으로 되살아났습니다. 언어의 위력은 대단합니다. 이렇게 표현하고 나니 조금은 불편합니다. 언어로 이루어진 지키지 못한 약속들이 여전히 허공을 맴돌고 있기 때문입니다. 그런 언어는 이미 언어의 본질에서 벗어난 것입니다. 불신의 시대에 그래도 변하지 않고 거기에 남아 풍경을 만드는 언어가 필요합니다. 책쓰기는 변하지 않는 언어로 이루어진 풍경을 기록하는 길입니다.

길이 길 위에 풍경으로 걸려 있습니다. 길 위에 서면 나도 풍경이 됩니다. 내가 풍경으로 자리잡은 풍경은 너무도 쓸쓸합니다. '풍경' 하면 바람 소리가 나듯이 내가 만드는 풍경에도 바람 소리가 가득합니다. 풍경은 시각적이기도 하고 청각적이기도 합니다. 눈으로 만나는 풍경보다 귀로 듣는 풍경이 더 온전히 저장됩니다. 그게 언어의 힘입니다. 말이 풍경을 만듭니다. 말이 만든 풍경 위에 햇살이 내려앉습니다. 햇살이 내려앉은 풍경 위에 내가 겹쳐집니다. 나도 풍경이 됩니다. 풍경을 구경하면서도 풍경이 되는 나. 늘 풍경 속에 온전히 흡수되지 못해 난 언제나 쓸쓸했습니다. 풍경 아래의 길들이 다시 나를 흔듭니다. '빨리, 그리고 높이 걸어가야지. 너 모르지? 그게 진짜 삶이야.' 그 말도 맞는 것 같다고 인정하려는 내 안의 움직임이 다시 쓸쓸했습니다. 하지만 풍경 아래의 길을 사랑하면 결국은 풍경을 잃어버립니다. 책쓰기는 내 안의 욕망으로 인해 잃어버린 풍경을 찾아가는 길입니다.

길 위의 길이 풍경으로 걸려 있습니다. 모든 사물은 시간에 의해 의미를 부여받습니다. 그러면 지금 나의 시간과 의미는? 내 마음의 지도가 쉽사리 완성되지 않습니다. 푸른 색깔이었는데 순간 고동색으로 변해버리기도 합니다. 바다였다가 산이 되기도 합니다. 도시였다가 시골이 되기도 합니다. 그대였다가 내가 되기도 합니다. 길의 풍경이었다가 길 위의 풍경이 되기도 합니다. 사물이 시간을 만나면 풍경이 됩니다. 풍경이 되지 못한 사물이 저만치에서 숨을 쉽니다. 풍경이 되지 못한 사물이 쓸쓸했습니다. 사물은 결국 내 마음의 지도를 모두 채우지 못했습니다. 지도는 곳곳이 생채기투성이입니다. 끊어진 길들이 지도 구석구석에 흩어져 있습니다. 내가 걸으면 길이 될 테지만 끊어진 길을 걷기가 쉽지는 않습니다. 새로운 길과 끊어진 길은 의미가 다릅니다. 끊어진 길은 단절이자 절망입니다. 책쓰기는 그 단절과 절망을 넘어 길을 만듭니다.

길 위의 길이 풍경으로 걸려 있습니다. 길의 끝은 어디일까요? 끝이 있기는 할까요? 끝은 역설적인 의미를 지닙니다. 끝은 절망이기도 하지만 희망이기도 합니다. 끝이 시작이기 때문이 아닙니다. 끝이 없다면 오히려 절망적이지 않을까요? 끝이 있기에 내 삶은 그만큼 절박합니다. 두려움에도 불구하고 존재는 언제나 끝을 꿈꿉니다. 끝이 없는, 그래서 영원히 이어질 것 같은 길은 오히려 쓸쓸합니다. 나의 모든 발걸음을 길 위의 길이 만드는 풍경으로 채우고 싶습니다. 그리고 나에게 허락된다면 책 쓰기로 남은 생을 말하고 싶습니다.

내 안에서 칼이 울었다

내 안에서 칼이 울었다. 노엽지 않은가. 그대를 조선군의 수괴라 부르는 적보다 역도라 칭하는 군왕이 더욱 노엽지 않은가. 그 불의에 맞서지 못하고 그대의 함대를 사지로 이끌고자 한 세상의 비겁이 노엽지 않은가. 칼은 살뜰하게 내게 보챘다. 적의 피로 물든 칼을 동족의 심장에 겨누지 마라. 그 무슨 가당치 않은 오만인가.

_KBS 드라마 〈불멸의 이순신〉에서

책쓰기 출판기념회를 끝내고 오랜만에 드라마 〈불멸의 이순신〉을 다시 보았습니다. 행사를 끝내고 헛헛해진 마음 때문일까요? 명량해전, 다시 보는 통제사는 여전히 절박하고 고단해 보였습니다. 보이는 적보다 보이지 않는 적들, 밖의 적보다 안의 적들로 인해 통제사는 힘겨워했습니다. 통제사처럼 나도 깊이 절망한 적이 있었던가 하고 자문했습니다. 계속된 강행군으로 몸은 천근만근 무겁습니다. 절실하지 못하면 이미 숨쉬는 생물이 아니라고 되새기지만 머리와 허리 통증에 힘이 빠질 때가 많습니다. 서로 생각이 다르다는 것은 당연한 것이라고 스스로를 위로해보지만, 여전히 잔인하게 느껴지는 타인들의 생각과 마주할 때마다 내 마음속에 세찬 바람이 부는 듯했습니다. 아끼는 후배가 고통을 호소했습니다. 몇 년 동안 엄청난 열정과 독창적인 아이디어, 확고한 교육신념으로 많은 일을 하면서 함께 어려움을 이겨낸 친구입니다. 그런데 자꾸 한계가 느껴지는 모양입니다. 미안하기도 하고 부끄럽기도 했습니다. 자꾸만 내 안에서 칼이 울었습니다.

사지에서는 살길이 없습니다. 하지만 그것을 인식하는 것이 바로 살길입니다. 그것은 당시 조선의 현실이기도 했고 '명량'을 앞에 둔 통제사 자신의 운명이기도 했습니다. 그에게는 더이상 물러날 곳이 없었던 셈입니다. 유속을 활용하고 지형을 이용하여 이겼다는 것은 결과일 뿐입니다. 울돌목의 승리 이면에는 더이상 물러날 곳이 없었던 통제사 자신의 절박함이 있습니다. 그렇습니다. 더이상 물러날 곳이 없는 절박함은 다시 일어날 수 있는 힘을 줍니다. 내게도 그런 순간이 있었습니다. 어느 여름이었던가요. 나는 절박했습니다. 물러날 곳이 없었습니다. 그 절박함은 나를 사지로 이끌었고 그 사지는 결국 내 삶의 새로운 길이었습니다. 지금 후배는 지독한 절망 속에 살던 어느 여름날의 나와 같은 길을 걷고 있습니다. 같지만 다른 풍경이 쓸쓸했습니다.

'왜 오늘을 사는가? 온갖 먼지와 무의미로 점철된 오늘을 왜 버리지 않는가?'

나는 그 대답을 항상 통제사에게서 찾습니다. 통제사는 나에게 어떤 절망 속에서도 희망을 잃지 않는 법을 가르칩니다. 어렵게 찾은 희망조차도 무의미하게 변질시키는 세상 속에서 다시 희망을 찾아가는 길을 가르칩니다. 현재를 무의미하게 만드는 수많은 껍데기들을 쓸어 담아 끝이 보이지 않는 바다 너머로 던져버려야 하는 이유와 의미를 가르칩니다. 다른 시대를 살지만 그 실체는 조금도 다르지 않은 세상이 씁쓸했습니다. 통제사를 누구보다도 존경하는 그 후배도 400여 년 전의 통제사처럼, 그리고 어느 여름날 한없는 절망 속에서 힘겹게 몸부림쳤던 보잘것없는 나처럼 그 어떤 상황에서도 희망을 잃지 않았으면 좋겠습니다.

나는 선택의 기로에서 늘 통제사의 선택을 떠올렸습니다. 사실 통제사에게는 퇴로가 없었습니다. 통제사는 결국 적의 퇴로를 끊습니다. 그리고 죽음을 맞습니다. 그것이 통제사의 유일한 퇴로였던 것이지요. 문득 칼로 베어지는 적을 지닌 통제사가 역설적으로 부러웠습니다. 칼로 베어지지 않는 적들을 이 세상에 남겨두고 스스로 자신만의 최후를 택한 통제사가 부러웠습니다. 아닙니다. 이런 마음의 흐름조차 사치입니다. 내가 느껴야 할 감정은 오히려 통제사에 대한 한없는 부끄러움입니다. 가장 먼저 싸워야 할 적이 바로 자기 자신이며, 내가 사랑하는 아이들을 하늘로 알고 마음을 다하여 섬길 수 있을 때 나는 진실로 통제사를 부러워할 수 있을 것입니다.

출판기념회 때, 냉방도 제대로 되지 않는 행사장에서 땀을 뻘뻘 흘리며 행사 준비를 돕던 내 오랜 친구들이 떠올랐습니다. 그것입니다. 통제사 부럽지 않은 나의 유일한 자산이. 내가 걸어가는 길에서 결코 초심을 잃지 않아야 하는 이유도 바로 거기에 있습니다.

7부

나의 걸음으로 만드는 길

멈추면 비로소 보이는 것

무슨 일이든 처음 일을 맡아 하게 되면, 우리는 자신도 모르게 그 일을 잘해보려는 생각으로 강한 열정을 품게 된다. 하지만 중요한 것은 '내가 그 일을 잘해야 하는 것'이 아니고, '그 일이 잘되어야 하는 것'이다. 함께 일하는 사람들과 조화를 이루지 못하고 '내가 열심히 하는 맛'에만 빠져들거나, 누군가에게 피해를 주면서 도덕적인 문제를 무시하며 '내가 열심히 하는 맛'에만 빠져든다면, 그 일은 목표한 대로 잘될 수가 없다.

_혜민, 『멈추면, 비로소 보이는 것들』에서

최근 혜민 스님의 책을 우연히 읽었습니다. 알고 보니 한동안 베스트셀러 목록에 올라 있던 책이었습니다. 나는 소위 베스트셀러라는 책을 좋아하지 않는 편입니다. 책의 긴 소개글과 달리 실제 내용은 대부분 실망스러웠기 때문입니다. 그런데 이 책은 나름대로 좋았습니다. 특히 위에 인용한 대목에 눈길이 오래 머물렀습니다. 무엇보다 나를 되돌아볼 기회를 얻었기 때문입니다.

10년 가까이 독서교육활동과 독서교육교사모임을 진행하고 독서정책을 추진해왔습니다. 그 과정에서 '맡은 일이 잘되어야 하는' 바로 이것이 아니라 '내가 그 일을 잘해야 하는' 바로 거기에 집착하지는 않았나 하고 계속해서 반추했습니다. 혹시 '내가 열심히 하는 맛'에 빠져 함께 일하는 사람들과 조화를 이루지 못하거나 타인에게 피해를 주지는 않았는지 되돌아봤습니다.

우리가 살아가는 삶의 길에서 '나'라는 존재 자체가 부정될 수는 없을 것입니다. 누가 뭐래도 내 삶의 주체는 '나'입니다. 하지만 내가 걸어가는 삶의 걸음이 타인의 삶에 긍정적인 영향을 끼치지 못한다면 그건 이미 무의미한 길이 아닐까 하는 생각이 들었습니다. 그래도 스스로에게 조금은 위안이 되는 것이 있다면, 최소한 '내가 그 일을 잘해야 하는' 또는 '내가 열심히 하는 맛'에만 머문 것은 아니고 '그 일이 잘되어야 하는' 바로 그것을 유념하면서 일했다는 점입니다.

나는 '그 일'을 성공적으로 마치기 위해 혼자보다는 여러 사람과 함께 일하는 방법을 택했습니다. 그것은 지금 생각해도 탁월한 선택이었습니다. 이 세상에는 나보다 능력이 뛰어난 사람들이 아주 많았습니다. 몇 가지 정책이 순조롭게 수행된 것도 나보다 '그 일'을 훨씬 더 잘하는 사람과 함께 시작하고, 생각하고, 추진한 덕분입니다.

'그 일'을 잘하는 사람들이 함께하는 집단지성의 힘은 대단했습니다. 처음 정책을 기획할 때는 상상할 수도 없었던 아이디어들이 다양하게 제시됐고, 나는 그중에서 현실적으로 추진 가능한 것들을 선택하면 그만이었습니다. 자신이 제안한 아이디어가 정책으로 발전하는 것을 지켜본 사람은 '그 일'에 더욱 집중했고, 그런 만큼 정책은 발전적인 방향으로 나아갔습니다. 아이디어가 정책으로 바뀌면 다른 아이디어를 제시했던 사람들까지도 '그 일'에 에너지를 쏟았습니다. 우리들의 일이 되어버린 셈이지요.

그동안 수많은 워크숍을 열었지만 일정 초반에는 나는 가능한 한 참석하지 않았습니다. 워크숍이 끝날 즈음에 참석해 내 의견을 제시했습니다. 정책을 집행하는 사람이 워크숍을 진행하면 다양한 목소리들이 자연스럽게 제시되기가 어렵습니다. '그 일'이 잘되기 위해선 내가 욕심을 버리고 적당히 거리를 두는 것이 오히려 좋은 결과를 가져오기도 합니다. 리더가 말을 하면 지시가 되고 팀원들은 수동적인 위치로 밀려나 자기 나름의 일을 추진해나갈 에너지를 잃습니다. 팀원들이 '그 일'을 추진해나갈 에너지를 잃는 순간, '그 일'은 여지없이 실패합니다. 가르치는 일도 마찬가지가 아닐까요? '내가 잘 가르쳐야 하는' 것이 아니라 '가르침이 잘 이뤄져야 하는' 것이 아닐까요? 교사든, 교육전문직이든, 어쩌면 대통령까지도 그래야 하는 것이 아닐까요?

바보들의 계보

교육의 목적은 현 제도의 추종자를 만드는 것이 아니라 제도를 비판하고 개선할 수 있는 능력을 배양하는 것이다.

_다치바나 다카시, 이정환 역, 『도쿄대생은 바보가 되었는가』에서

하루종일 마음이 무겁습니다. 오늘 불어오는 바람은 어제의 바람이 아닙니다. 시간이라는 괴물은 결코 나를 기다려주지 않습니다. '정책'과 '학교'라는 별개의 낱말 둘이 아침부터 줄곧 내 안에서 싸우고 있습니다. 그 둘이 친구가 되면 얼마나 좋을까요? 학교에서 아이들을 가르칠 때까지만 해도 그 둘은 꽤 사이가 좋았습니다. 둘이 사랑하면 사랑할수록 아이들도 행복했습니다. 가르치는 나도 덩달아 행복했습니다. 교육은 과거를 통해

서 현재를 진단하고 미래의 주인공인 아이들을 키우는 과정이라고 믿고 있습니다. 따라서 과거와 현재만을 무조건 강요해서는 안 됩니다. 아이들은 분명 미래의 주인공이니까요. 아이들은 현재의 철학과 제도만으로 미래를 살아갈 수 없습니다. 거기에 '정책'이란 낱말이 지향하는 풍경이 있습니다.

'정책'은 '무엇을 가르칠 것인가?'와 '어떻게 가르칠 것인가?'에 대한 근본적인 대답을 담고 있습니다. 단순한 지식의 주입만으로는 미래를 대비할 수 없습니다. 과거에 내가 그렇게 살았으니 너희들도 그렇게 하면 성공한다는 식의 접근은 구태의연합니다. 세상의 풍경이 달라졌고 지식의 패러다임도 바뀌었습니다. 아이들에게 지식이 어디에 있느냐고 물으면 '네이버'에 있다고 대답합니다. 인터넷에는 매 순간 무한한 지식들이 정리되어 이동합니다. 그 지식의 옳고 그름은 다른 기준으로 재봐야겠지만 최소한 현대인들은 자신이 얻고 싶은 정보에 대해서는 대부분 실시간으로 인터넷에서 확인할 수 있습니다. 휴대폰 기능이 발달하여 이제는 걸어다니는 인터넷 시대가 되었습니다. 이제 지식은 거리를 자유롭게 걸어다니고 있습니다.

그럼에도 우리 교육은 여전히 현재에 대응하는 데 급급합니다. 특히 수학능력시험으로 대표되는 지금의 대학입시는 생각보다 그늘이 무척 짙습니다. 한국교육은 초등학교에서 중학교, 나아가 고등학교로 진학할 때마다 폭이 좁아집니다. 모든 교육이 대학입학시험에 초점을 맞추고 있기 때문입니다. 그렇다고 대학에 진학하는 순간 문제점이 해소되는 것도 아닙니다. 고등학교까지 힘들여 공부한 학습 내용이 대학에 들어가는 순간 대부분 의미를 잃습니다. 더욱이 대학에 진학할 때까지 드는 교육비도 엄청납니다. 한국 교육비의 대부분은 서울의 상위권 대학에 들어가는 데 쓰입니다. 학생들의 진정한 능력을 키우는 데 쓰이는 것이 아니라 치열한 입시경쟁에서 앞선 순위를 받는 데 쓰일 뿐입니다. 대학입시를 위해 세계에서 가장 많은 사교육비를 지출하면서도 대학의 학문 경쟁력은 세계 최하위권에 머무는 것이 바로 그 증거입니다. 다른 나라에서는 거의 지출되지 않는 대학입학 경쟁 비용으로 한 해 수십조 원의 지출이 계속되는 이런 어처구니없는 짓을 우리는 언제까지 계속해야 하나요?

어느 외국인이 한국의 대학을 방문하고는 두 번 놀랐다고 합니다. 하나는 도서관에 빈자리가 없다는 것, 결국 공부를 무척 열심히 한다는 거였습니다. 하지만 다시 놀랍니다. 그 많은 학생들이 읽고 공부하는 책이 대부분 비슷하다는 것. 토익이나 토플, 아니면 상식과 관련된 책이라는 것이었습니다. 나름대로 전망을 품고 대학에 진학하지만 대학은 어렵게 입학한 학생들을 제대로 교육하지 않습니다. 여전히 일방적인 강의식 수업이 계속됩니다. 결국 많은 학생들은 고등학교까지 그렇게 살아온 것처럼 다시 자신의 적성과는 관련 없는 취업 준비에 대학 4년 내

내 매달립니다.

다치바나 다카시는 일본형 수재의 계보가 사실은 바보들의 계보였다고 비판합니다. 이유인즉 암기 능력을 측정하고 정답만 찾는 법을 가르치는 것이 일본의 오랜 교육제도이기 때문이라고 했습니다. 결국 교육의 목적은 아이들을 현 제도의 추종자로 만드는 데 있는 것이 아니라 제도를 비판하고 개선해나갈 수 있는 능력을 길러주는 데 있다고 했습니다. '88만원 세대'라는 달갑지 않은 꼬리표를 달고 살아야 하는 지금의 청소년들, 승자도 패자도 모두 패자가 되는 슬픈 현실. 그 슬픈 현실을 살아가는 학생들은 바로 당신의 아들이자 딸들입니다. 모두를 행복하게 만들 수는 없을까요? '정책'이 진정으로 고민해야 하는 부분은 바로 이 지점입니다.

궁극적인 지향은 정덕正德이다

아! 이렇게 한 뒤에야 비로소 이용이라 말할 수 있을 것이다. 이용이 있은 뒤에야 후생이 될 것이다. 후생이 된 뒤에야 정덕을 이룰 수 있을 것이다. 이롭게 사용할 수 없는데도 삶을 도탑게 할 수 있는 건 세상에 드물다. 그리고 생활이 넉넉지 못하다면 어찌 덕을 바르게 할 수 있겠는가.

_박지원, 『열하일기』에서

연암 박지원은 내 친구입니다. 이렇게 말하니까 곳곳에서 웃는 소리가 들립니다. 그럼에도 연암은 내 친구입니다. 연암은 나를 모릅니다. 하지만 나는 오랜 시간 그와 대화를 나누어왔습니다. 고등학교 때 「허생전」을 비롯한 그의 소설에서 그를 처음 만났습니다. 하지만 대학생이 되고 나서 만난 『열하일기』는 충격이었습니다. 몇 번이고 읽을 때마다 거기에 담긴 말들이 다른 모습으로 다가왔습니다. 『열하일기』에 담긴 연암의 마음이 부러웠고, 『열하일기』에 마음을 담았던 연암의 글쓰기에 미쳤습니다. '미쳐야 미칠 수 있다'고 했지만 연암에 미치고 나서도 연암의 모든 것을 나는 알 수 없었습니다. 여기로 다가가면 저기가 멀어지고 저기로 달려가면 여기가 사라졌습니다. 그래서 나는 연암을 제대로 알 때까지 그를 친구로 삼기로 했습니다. 부족하나마 연암에 대한 논문을 대여섯 편 쓰기도 했으니 나에게는 무척 고마운 친구이기도 합니다.

괜한 말이 길었습니다. 『열하일기』는 연암 박지원의 여행기이자 삶의 철학을 담은 글입니다. 여정·견문·감상이라는 여행기의 성격을 그대로 담으면서도 곳곳에서 연암 자신의 목소리를 직접 전합니다. 연암이 중국으로 들어가는 관문 근처에서 본 것은 중국의 발전한 모습이었습니다. 술집 탁자 위에 놓인 잔은 모두 놋쇠와 주석으로 만들어졌고 은처럼 빛을 냈습니다. 한 가지도 구차스럽게 대충 해놓은 법이 없고, 물건들도 어느 것 하나 그냥 늘어놓은 게 없었습니다. 심지어 외양간이나 돼지우리, 땔감 쌓아 놓은 것이나 두엄까지도 그림처럼 고왔습니다. 그다음에 연암은 말합니다. 이것이 바로 이용利用이라고. 그 뒤에 후생厚生이 있고, 그다음에야 정덕正德이 이루어진다고.

'정덕, 이용, 후생'은 『서경』의 대우모大禹謨에 나오는 "백성의 덕을 바르게 하고 백성이 편하게 쓰도록 하고 백성의 생활을 여유 있게 하는 세 가지를 조화시키십시오正德利用厚生唯和"라는 말에서 유래했습니다. 일반적으로 정덕을 이용·후생보다 중시하여 덕의 실천으로부터 모든 정치행위가 이루어졌습니다. 이에 반하여 조선 후기 실학자들은 정덕과 이용·후생은 서로 분리될 수 없는 동일한 문제의 내외 관계로 보고, 이 둘 모두 중요하다고 주장하거나 오히려 이용·후생이 정덕보다 우선적으로 고려되어야 할 문제라며 전면에 내세우기도 했습니다. 특히 연암은 "이용이 있은 후에 후생이 가능하고 후생이 있은 후에 정덕이 가능하다"는 위 인용글과 같은 논지를 펴기도 했습니다.

하지만 우리가 착각하지 말아야 할 것은 정덕과 이용·후생은 선후의 문제이지 중요성의 문제는 아니라는 점입니다. 정덕을 이루려면 이용과 후생이 먼저 이루어져야 함을 강조한 것이지 정덕보다 이용·후생이 더 중요하다고 연암이 주장한 것은 아닙니다. 연암의 대표 소설인 「허생전」에서도 주인공 허생이 장사로 이용·후생을 이루었지만 결국은 글 읽는 선비로 돌아갑니다. 역사 교과서에도 연암을 이용후생학파라고 하면서 기존의 성리학과는 완전히 다른 철학을 지닌 사람이라고 치켜세웁니다. 그것이 진정 치켜세우는 것인지는 모르겠습니다. 내 생각에 연암은 진정한 성리학자이기도 합니다. 실용을 중시하면서도 근본을 버리지 않았습니다. 실용이 지배하고 있는 오늘날, 연암의 본질을 다시 들여다봐야 합니다. 본질을 버린 실용은 부실합니다. 교육에서도 마찬가지입니다. 초·중등교육에서 민족, 국가, 사람, 철학과 같은 본질을 버리지 말아야 하는 이유도 거기에 있습니다. 그것을 버릴 때 실용은 껍데기에 불과합니다. 교육은 경제가 아니니까요.

대한민국이라는 나라

경쟁에서 이기는 것이 썩 기분 좋은 일만은 아닙니다. 그런데도 우리는 세상이 정한 성공 궤도에서 쉽게 빠져나오지 못합니다. 혼자만 낙오될지 모른다는 두려움, 무엇이 우리를 이렇게 만든 것일까요? 우리는 누구에게도, 스스로에게조차도 외롭다고 말하지 않습니다. 그러면 이 청춘을 견뎌낼 수 없을 것 같습니다. 그래도 청춘은 아름다운 거라고 말할 수 있는 건, 누구보다 치열한 나와 당신과 우리의 땀방울을 믿기 때문입니다.

_EBS 다큐 프라임, 〈왜 우리는 대학에 가는가 4부-어메이징 데이 2〉에서

현재 대한민국을 지배하고 있는 최고의 감정은 '두려움'입니다. 성적이 떨어지면 어떡하나, 명문대에 들어가지 못하면 어떡

하나, 직장을 얻지 못하면 어떡하나, 직장에서 쫓겨나면 어떡하나, 자식을 돌보지 못하면 어떡하나, 늙었을 때 버림받으면 어떡하나. 그렇습니다. 작게는 '아침에 지각하면 어떡하나'라는 걱정으로 잠을 이루지 못할 수도 있습니다. 주위에서는 '너도 하면 된다'고 격려하지만 그런 격려 같은 승자의 논리도 없습니다. 도전했지만 안 되면 다시는 기회가 없는 사회가 바로 대한민국입니다. 두려움은 개별적인 인간의 내면에서 학습되었고, 사회 전반에 자리를 잡았습니다. 거기에서는 진정한 행복을 말하는 것 자체가 넌센스입니다. 개인, 나아가 사회 전반에 팽배한 이런 두려움을 줄여주는 것이 현재의 문화가 되어야 합니다.

누군가 그러더군요. 여긴 대한민국이라는 나라라고요. 아무리 그래봤자 계란으로 바위 치는 것이라고요. 이길 수 없는 싸움이라고요. 그래요. 이길 수 없는 싸움입니다. 그래서 말했습니다. 나는 이기고 싶지 않다고. 싸우자는 게 아니라고. 그냥 내 삶을 사는 것이라고. 이런 생각이 자기 위안은 아닙니다. 치유도 아닙니다. 냉정한 인식에 의한 판단이고 그에 따른 고통스러운 성찰의 결과입니다. 그것이 바로 궁극적으로 이기는 길이기 때문입니다. 그렇게 자신의 삶을 주체적으로 살아가는 사람들이 늘어날 때 권력도, 자본도 힘을 잃을 것입니다. 주체적으로 살아가는 나에게 권력이나 자본은 반드시 필요한 요소가 아니니까요. 방법론이나 이데올로기를 비판하거나 특정 이론을 구축

하는 것을 목적으로 삼을 필요도 없습니다. 진영이라는 말, 내 편, 네 편이라는 말은 거기에서 파생된 것이지요. '편'이 만들어지면 조직이 만들어지고 조직이 만들어지면 내부의 규율이 생기고, 규율이 생기면 규율을 지키기 위해 위와 아래가 생깁니다. 그렇게 되면 바깥의 대중은 보이지 않고 조직의 위만 바라보거나 규율의 유지에만 집중합니다. 현재 대한민국의 비극들은 대체로 여기에서 발생합니다. 위만 바라보는 업무 처리와 규율 자체만 중시하는 문화는 심각한 후유증을 남깁니다. 이러한 문화는 소위 좌우를 가리지 않습니다. 관료사회는 물론이고 그 바깥도 마찬가지니 기이할 따름입니다. 민주주의는 내 안에서 먼저 이루어져야 하며, 내부 조직 안에서 먼저 이루어져야 합니다. 민주주의는 결과나 이론이 아니라 방법과 과정 자체니까 말입니다.

최근에 인문학의 위기, 이공계의 위기, 좁은 학문 분야의 위기, 사회 전체의 위기, 정체성의 위기, 삶의 가치의 위기 등등 온통 위기라는 말이 난무합니다. 그러한 언어들이 진정성을 가지고 현재를 판단하면서 미래를 고민하는 것이 되었으면 합니다. 그런데 그러한 언어조차도 진정성이 보이지 않는 경우가 많습니다. 인문학의 위기를 말하면서 인문학을 팔고, 이공계의 위기라고 말하면서 이공계를 팝니다. 엄청나게 늘어난 이른바 멘토들이 사회를 지배합니다. 하지만 바뀌는 것은 바로 그 멘토들의 부富의 증대일 뿐입니다. 다분히 이분법적인 사고이지만 상식적으로 생각해봐도 인문학이 위기라면 이공계가 최고의 인기를 누려야 하는 것 아닌가요? 이공계가 위기라면 인문학이 지배해야 되는 것 아닌가요? 지금은 정말 무엇인가가 필요합니다. 그것은 결국 우리 스스로에 대한 믿음입니다. 우리들이 진정으로 흘리는 삶의 땀방울 말입니다.

매뉴얼은 없다

'한 명의 아이도 배움으로부터 소외되지 않는, 질 높은 배움을 보장하자.' 이것이 배움의 공동체의 기본 철학이다. 그런데 많은 사람이 흔히 묻는 말이 있다.
"매뉴얼은 없나요?"
이런 질문은 정해진 지침에 따라 실천하는 것에 익숙해진 데서 나온다. 그러나 배움의 공동체는 매뉴얼이 아니라 철학이다. 철학을 중심으로 교사가 창조해가는 것이다. 그래서 배움의 공동체 수업은 틀에 박히지 않고, 교사와 학생이 능동적이고 창조적으로 만들어낼 수 있다.

_손우정, 『배움의 공동체』에서

토끼와 거북이가 달리기 경주를 했습니다. 시합의 공정성을 위해 호랑이가 심판을 봤습니다. 토끼는 저만큼 달려가고 있는데 거북이는 아직도 출발선 근처에서 엉금엉금 기어가고 있었습니다. 심판을 보던 호랑이가 거북이의 모습이 너무나 안타까워 거북이를 등에 업고 뛰었습니다. 거북이를 업은 호랑이가 간발의 차로 결승점을 통과했습니다. 거북이가 이긴 것이지요. 하지만 시합에서 진 토끼가 이의를 제기했습니다. 토끼는 호랑이에게 '공정해야 할 심판이 시합에 개입함으로써 결국 공정한 시합이 되지 못했다. 이 시합은 무효다'라고 말했습니다. 그러자 호랑이는 이렇게 말했습니다. '심판인 내가 공정하지 못한 건 사실이다. 하지만 사실 이 시합은 본질적으로 문제가 있지 않은가? 일종의 전제의 오류를 범했다. 다시 말하면 이 시합은 근본적으로 공정하지 못한 시합이다. 달리기 선수인 토끼와 느림보인 거북이를 같은 조건에서 경쟁시킨 것은 잘못이다. 이미 승패가 결정된 시합이 무슨 의미를 지닐 수 있는가? 그런 점에서도 이 시합은 무효다'라고.

우리 사회는 곳곳에서 매일 토끼의 생각과 호랑이의 생각이 싸웁니다. 이야기에는 분명 거북이도 등장하는데 거북이의 생각이 표현될 공간은 어디에도 없습니다. 거북이에겐 묻지도 않습니다. 알고 보면 다수가 거북이일 텐데 거북이의 생각은 늘 언어 너머에 머물고 있을 뿐입니다. 분명 현재 10대의 다수는 거북이입니다. '배움의 공동체'의 기본 철학은 거북이와 같은 처지에 있는 단 한 명의 아이라도 배움에서 소외되지 않는 교육입니다. 그런 교육이 이루어질 때 아이들은 10대를 넘어 20대, 30대가 되어도 소외되지 않는 질 높은 삶을 살 수 있습니다.

교육의 중심은 수업입니다. 수업에 완벽한 공식이란 원래 없습니다. 행복한 수업도 당연히 그렇습니다. 교사라는 직업은 교사 발령을 받고부터 사실상 다시 배워나가는 것이고, 교사라는 직업이 끝날 때까지 지속적으로 배우는 과정인 이유가 거기에 있습니다. 만들어진 각본대로 수업이 가능한 것도 아니고, 매시간 만들어가는 것이 수업입니다.

학습學習은 '학學'과 '습習'이 만난 말입니다. '학'이 가르치는 사람 중심이라면 '습'은 배우는 사람에게 초점이 맞춰져 있습니다. '학'은 유용하지만 그것만으로는 학습이 완성되지 않습니다. '습'으로 이루어지는 소위 '배움의 공동체' 문화가 필요한 이유입니다. 지금까지 우리 교육이 '학'에 더 많은 관심을 둔 것은 부인할 수 없습니다. 하지만 그런 풍경이 현재를 살아가는 아이들의 배움에 부족함이 많다는 사실을 우리 모두가 잘 알고 있습니다. '학'이 '습'을 주도하는 것이 아니라 '습'이 중심이 된 '학'이 이루어진다면 그것은 분명 패러다임의 전환입니다. 최근 수업 현장의 변화에 관심이 아주 많습니다. 패러다임은 분명 바뀌고 있는데도 교육현장의 풍경은 크게 달라지지 않습니다. '학'

을 주도하고 있는 교육의 주체들이 패러다임의 변화를 받아들이지 않고 있기 때문입니다.

왜 받아들이지 않을까요? 그것은 그들이 지닌 프레임이 바뀌지 않았기 때문입니다. 프레임을 바꾼다는 것은 프레임의 주체들에게는 무척 불편한 일입니다. 그로 인해 그 불편함을 단지 불편함으로만 느끼면서 자신의 프레임을 고집합니다. 하지만 사회 전체, 또는 역사의 긴 흐름으로 볼 때 프레임이 패러다임의 변화에 능동적으로 적응하지 못하면 개별적인 삶의 길은 후퇴합니다. 정책이 패러다임의 변화에 능동적으로 대응해야 하는 이유입니다.

프레임은 오히려 자유이다

프레임은 한마디로 세상을 바라보는 마음의 창이다. 어떤 문제를 바라보는 관점, 세상을 향한 마인드 셋, 세상에 대한 은유, 사람들에 대한 고정관념 등이 모두 프레임의 범주에 포함되는 말이다. 마음을 비춰보는 창으로서의 프레임은 특정한 방향으로 세상을 보도록 이끄는 조력자의 역할을 하지만, 동시에 우리가 보는 세상을 제한하는 검열관의 역할도 한다.

_최인철, 『프레임』에서

얼추 한 달 동안 내 머리 안에서 '프레임'이라는 말이 계속 맴돌고 있습니다. 프레임은 나의 현재를 규정하고, 내가 바라보는 세상을 규정하는 틀입니다. 엄지와 검지로 네모난 틀을 만들고 세상을 바라보면 네모난 틀에 풍경이 담깁니다. 그 풍경은 나에 의해 선택됩니다. 가능하면 내가 원하지 않는 풍경은 담지 않으려는 것이 우리의 본질적 욕망입니다. 동굴 안에서 밖을 바라볼 때의 풍경도 이와 다르지 않습니다. 그 네모난 틀을 '프레임'이라 한다면 내가 만든 네모난 틀이나 동굴이나 다를 바가 없습니다. 달리 표현하면 내가 만드는 프레임은 일종의 동굴이기도 한 것이지요. 그처럼 프레임은 내가 보는 세상을 제한합니다.

정책 개발자와 집행자들이 프레임을 강요하면 변화는 일어나지 않습니다. 통계는 얼마간 아름다운 허구로 포장되어 있습니다. 정책 개발자나 집행자들이 거기에 만족해서는 안 됩니다. 연구학교나 시범학교 운영을 예로 들면 잘 알 수 있습니다. 정책이 지닌 프레임에 따라 1년 정도의 연구학교나 시범학교를 진행한 뒤 결과 보고회에 가보면 신기한 일들이 벌어집니다. 처음 시행한 정책임에도 불구하고 보고회 프레젠테이션에는 정책이 지닌 장밋빛 효과와 멋진 성과들로만 가득합니다. 물론 전문가들이 개발한 교육정책에는 아름다운 철학이 담겨 있을 것입니다. 그러나 이론으로 무장된 전문가들과 현장 실행가들 사이의 거리만큼이나 보고회 발표 내용과 현실의 괴리도 큽니다. 1년 정도의 새로운 정책 수행으로 그만한 성과를 내기 위해 현장 교사들이 흘린 땀만큼이나 문제점도 있었을 것입니다. 보고회에서는 멋진 성과보다는 그런 문제점을 분석하고 대안을 제시하는 것이 바람직합니다. 새로운 정책을 시행한 지 1년 만에 아름다운 성과만 나온다면 그것이 오히려 이상한 일이 아닐까요? 정책 개발자나 집행자가 지녀야 할 기본적인 사고입니다.

프레임과 비슷한 용어로 패러다임이 있습니다. 패러다임은 특정한 시대 사람들의 견해나 사고를 근본적으로 규정하는 테두리로서의 인식 체계 또는 사물에 대한 이론적 틀을 의미합니다. 그래서 패러다임의 변화라는 것은 대단히 거시적인 함의를 지닙니다. 패러다임이 바뀐다는 것은 역사의 흐름이 달라진다는 뜻입니다. 반면에 프레임은 특정 사회로 제한되거나 개인적인 의미를 지닙니다. 패러다임이 프레임을 제한할 수는 있지만 프레임이 패러다임을 거부할 수는 없습니다. 그러면 가장 적절한 방법은 무엇일까요? 패러다임의 변화를 파악한 다음, 내가 지닌 프레임이 패러다임에 어긋나지 않는지 검증하는 작업이 필요하다는 말입니다.

프레임에 갇히면 사고의 유연성을 해칩니다. 교육에도 나름의 프레임이 필요하긴 하지만, 교육이 프레임을 만들어가지 못하고 프레임이 교육을 지배하면 심각한 문제가 발생합니다. 정책을 개발하고 실행하는 사람의 경우에는 더욱 그렇습니다. 다양한 생각으로 미래를 향해 걸어가는 아이들, 그런 아이들에게 다양한 길을 제시하는 선생님들을 정책 개발을 하고 실행하는 사람의 프레임에 갇히게 해서는 안 됩니다.

‘동굴’과 ‘손가락으로 만든 틀’의 가장 큰 차이는 자유로움에 있습니다. 동굴 입구의 모양은 내가 바꿀 수 없지만 ‘손가락으로 만든 틀’은 이동이 자유롭습니다. 손가락으로 만든 네모난 틀을 옆으로 1cm만 이동해도 프레임은 크게 달라집니다. 하지만 네모난 틀 자체를 원으로 바꿀 필요까지는 없습니다. 네모난 틀을 원으로 바꾸는 일은 일종의 혁명입니다. 그것은 일종의 패러다임의 전환인 셈이지요. 교육활동의 혁명에는 반드시 부작용이 따릅니다. 현재를 살아가면서 미래를 향하는 수많은 아이들을 대상으로 하는 것이 교육이기 때문입니다. 교육정책은 혁명이 아니라 변화여야 합니다. 네모난 틀을 옆으로 조금씩 움직이면서 그 틀 속에 가장 아름다운 풍경을 담는 것이 가장 바람직한 방향일 수 있습니다.

스스로의 선택만이 빛날 수 있다

당신은 교사라서 행복합니까?

당신은 학생이어서 행복합니까?

당신은 학부모여서 행복합니까?

당신은 전문직이어서 행복합니까?

행복은 내가 원하는 것을 모두 갖는 것이 아니라 내가 가지고 있는 것에 대해 진심으로 감사를 표하는 것이라는 말이 있습니다. 남들과 비교하기보다 과거의 나와 비교하여 내가 얼마나 성장하고 있는지 확인하고, 내가 꿈꾸는 미래의 나와 비교하여 목표에 매진하는 것이 행복의 지름길이라는 말입니다. 그런데 그것이 말처럼 쉬운 일은 아닙니다. 개인을 둘러싸고 있는 사회구조가 끊임없이 경쟁을 유도하고, 결국 나라는 존재 자체에 만족하기보다는 타인과의 비교에서 만족을 느끼는 데 익숙해져버렸기 때문입니다. 타인과의 비교에서 느끼는 행복은 지속적일 수 없습니다. 비교우위는 상대적이기 때문입니다.

디스토피아는 현대사회의 부정적인 경향을 다가올 미래사회에 비춰봄으로써 현대인이 무의식중에 받아들이고 있는 위험을 명확히 지적합니다. 디스토피아를 그린 오래된 고전 중에 헉슬리의 『멋진 신세계』라는 작품이 있습니다. 이 소설에 나오는 사회는 제목이 풍기는 느낌처럼 어느 누구도 불행하지 않은 '멋진' 세계입니다. 배고픔과 가난이란 존재하지 않으며, 항상 즐겁고, 필요한 모든 것들을 소비합니다. 질병도 없고, 전쟁도 없으며, 늙어도 늙은 티가 나지 않습니다. 약간의 우울함이 느껴지면 '소마'라는 약을 복용합니다. 이 약을 먹으면 다시 행복해집니다.

몇 년 전부터는 강의를 하면서 행복을 말하는 경우가 많아졌습니다. 특히 지금 행복한 아이가 앞으로도 행복할 수 있다는 말을 많이 했습니다. 그만큼 아이들이 현재 행복하지 않다는 말이지요. 그런데 요즘은 행복이 생각만큼 녹록하지 않다는 생각을 많이 하게 되었습니다. 오히려 행복이라는 언어로 현재의 불행을 외면한 채 무작정 살아가라는 식으로 강요하고 있는 것은 아닐까 하는 우려가 들었기 때문입니다. 자꾸만 행복을 강요하면서 나 스스로 행복을 '소마'처럼 사용하고 있는 것은 아닐까 하는 생각도 들었습니다. 나도 결국 '희망판촉'을 하고 있는 건 아닐까 하는 느낌, 행복은 오히려 현재 지독하게 불행하다는 인식에서 출발할 수도 있으며, 진정한 행복은 불행도, 슬픔도, 고독도 아니 그보다 더한 그 무엇도 내 삶의 한 부분이라는 것을 받아들이는 거기에 있을지도 모른다는 생각이 꼬리를 물었습니다.

누가 물었습니다. '당신은 지금 행복한가?' 이런 질문은 항상 당혹스럽습니다. '행복하다'는 느낌이 손으로 만질 수 있는 구체성을 지닌 것도 아니고, 감정의 흐름도 매일 달라지기 때문입니다. 행복하다는 느낌은 언제나 순간입니다. 지속적으로 그 감정을 지니고 살기가 쉽지는 않습니다. 그래도 위의 질문에 '교사라서, 학생이어서, 학부모여서, 전문직이어서 행복하다'는 말은 하면서 살 수 있는 세상이 되면 좋겠습니다. 행복에는 공식이 없습니다. 만약 행복에 정해진 공식이 있다면 그건 헉슬리의 『멋진 신세계』에 나오는 '소마'일 뿐입니다.

타인에 의한 안정과 행복은 보장되지만 자기 스스로 선택하고 희망한 미래가 없는 곳, 자신의 길을 스스로 찾아가며 자기 자신에게 놀라워할 수 있는 자유와 권리가 없는 그런 곳에서 과연 행복을 느낄 수 있을까요? 기뻐도 행복하고, 슬퍼도 행복할 수 있는 것이 인간입니다. 지금 내가 교사라서, 학생이어서, 학부모여서, 전문직이어서 행복하다면 그 행복은 타인에 의한 것이 아니라 나 스스로의 선택과 희망에 의한 것이어야 합니다. 교육은 바로 그 선택과 희망을 가르치는 길입니다.

아는 것은 아무것도 아니다

아는 건 아무것도 아닌 거야. 아는 거는 그런 의미에서 모르는 것보다 더 나빠. 중요한 건 깨닫는 거야. 아는 것과 깨닫는 거에 차이가 있다면 깨닫기 위해서는 아픔이 필요하다는 거야.

_공지영, 『우리들의 행복한 시간』에서

조금씩 나이를 먹으면서 깨달아가는 것들이 있습니다. 사람들의 생각이 제각각 다르다는 것, 나아가 다른 사람들의 생각에 대해서는 별 관심이 없다는 것이 그것입니다. 그러니 토론이나 의견교환이 쉽게 일어나지 않습니다. 소위 지식인이라는 부류에서 그런 경향이 심했습니다. 자기만의 생각의 자유야 당연한 것이지만, 타인 역시 자기만의 다른 생각을 가질 수 있다는 점을 전제해야 하는데, 나도 그게 쉽지 않습니다. 자기가 옳다는 생각이 강하게 작용하다보니 타인의 생각은 대체로 틀린 것으로 치부했습니다. 합리적인 비판도 받아들이지 않는 경우가 많았습니다. 비판에는 대체로 비난으로 대응했습니다. 비난의 방식도 인신공격이거나 나이를 들이대며 하는 일방적인 꾸짖음으로 나타났습니다. 어쩔 수 없는 일이었습니다.

그보다 더 중요한 것은 아는 것에 대한 새로운 인식이었습니다. 아는 것은 사실 아무것도 아닙니다. 중요한 것은 깨닫는 것입니다. 그 깨달음을 내면화해야 합니다. 그래야만 변화할 수 있습니다. 세상에는 설명될 수 없는 것들이 너무 많습니다. 설명될 수 없는 것들은 그것 그대로의 실체였고, 그것 그대로의 몸뚱이였습니다. 설명될 수 없는 것들은 그것 그대로의 권력이었고, 그래서 대체로 비극적이었습니다. 그래서 답답하기도 했고 때로는 슬프기도 했습니다. 지식인이라는 존재는 무엇인가를 설명해야 하는 운명을 타고난 존재일까요? 그것이 자주 슬프게 했습니다. 한의학에서 마음의 거처는 머리(뇌)가 아니라 심장이라고 했습니다. 지성이 아니라 감성이라는 것이지요. 슬픔은 때로는 엄청난 힘이 될 수 있습니다.

무엇이 우리를 슬프게 할까요? 대부분 무언가의 부재不在 때문에 슬픔이 발생합니다. 그 대상이 사람이기도 하고 욕망이기도 합니다. 슬픔이 극단적인 절망으로 나아가는 경우도 있지만 근본적인 생존 욕구로 인해 대체로 슬픔은 분노로 발전하는 경우가 많습니다. 지금의 부재상황에 대한 분노 말입니다. 여기에서 사회의 성숙도를 찾을 수 있습니다. 분노가 대상에 대한 증오로만 나타나면 그 사회는 발전이 없습니다. 증오는 순간적인 감정입니다. 나아가 그것은 특정한 대상을 향하고 있기에 개별적인 행동으로 나타날 때가 많습니다. 그런 경우를 피는 피를 부른다고 표현합니다. 오히려 발전적인 분노가 필요합니다. 현재 상황을 진단하고 나를 슬프게 하고 분노하게 만든 대상들을 냉정하게 평가하고 판단해야 합니다. 그것을 통해 제도적으로 다시는 그런 일이 벌어지지 않도록 노력해야 합니다.

그런 일을 해야 하는 사람이 바로 지식인입니다. 하지만 최근에는 그런 지식인을 발견하기가 쉽지 않습니다. 아는 것에 그치는 지식인이 많습니다. 일본 교과서 문제가 불거지면 곳곳에서 분노가 표출됩니다. 거리마다 구호가 난무하고 화형식까지 이루어집니다. 모 언론사 일본 주재기자가 일본인에게 한국의 현재를 말했습니다. 일본인은 말합니다. 그러다 만다고. 그것이 한국이라고. 그렇습니다. 분노의 표출도 의미가 없는 것은 아니지만 상황에 대한 냉철한 판단과 지속적인 관심이 필요합니다. 날마다 벌어지는 사건들에 대해 언론이 목소리를 냅니다. 문제는 그러한 언론이 아니라 언론에 나오는 수많은 텔레페서telefessor들입니다. 그들은 사실 지식인이 아닙니다. 그들의 목소리는 문제의 본질보다는 현상에 집중합니다. 그럼으로써 '문화의 그레셤 법칙'은 더욱 강화되어 결국 본질은 멀리 사라지고 문제는 해결되지 못한 채 대중에게 잊혀갑니다. 그것이 문제입니다.

혁신을 통한 가치

인간은 근본적으로 무언가를 원하면서 살아갑니다. 원한다는 것은 무언가 결핍되어 있다는 것을 의미합니다. 인간은 결핍된 무엇인가를 찾아 평생을 걸어가는 셈입니다. 나도 나에게 결핍된 무언가를 채우기 위해 오늘을 삽니다. 결국 지금 나에게 결핍된 것이 무엇인가를 깨닫는 것은 아주 중요한 일입니다. 결핍된 그것은 추상적인 무엇일 수도 있고, 구체적인 것일 수도 있습니다. 그것을 추상적인 욕구와 구체적인 욕구라고 규정해봅시다. 예를 들어 '나는 지금 목이 마르다'는 것이 현재 나의 결핍 내용이라면 욕구는 두 방향으로 진행됩니다. 하나는 '뭔가 마시고 싶다'일 것이고, 다른 하나는 '생수를 마시고 싶다'일 것입니다. 욕구 분석법에 따르면 앞의 욕구를 'needs'라고 하고 뒤의 욕구를 'wants'라고 합니다. 집단보다는 개인이, 대서사보다는 개별 서사가 중시되는 오늘날, 인간이 지닌 욕구의 흐름은 'needs'에서 'wants'로 이동하고 있습니다. 전반적인 시대상황이 변하고 있는데도 여전히 국가를 경영하는 정책의 방향은 'needs'에 머물고 있는 것이 사실입니다. 교육정책도 여기에서 크게 다르지 않습니다. 'needs'든 'wants'든 필요로 하는 사람이 주체이지만 미묘한 차이가 있습니다. 요구를 해결해야 하는 사람의 입장에서 볼 때는 'wants'보다 'needs'가 훨씬 쉽습니다.

나아가 모든 정책은 '가치'를 추구하는 것을 목표로 삼습니다. '가치'는 조직의 생존과 밀접한 관계를 지니며 비용에 대비한 성과를 우선으로 칩니다. 그래야 현재적인 의미를 지닙니다. 하지만 정책이 현재적인 의미만을 지니면 미래를 대비할 수 있는 공간을 마련할 수 없습니다. 급속한 변화에 능동적으로 대응할 수 없다는 말입니다. 특히 교육은 지나간 시간을 통하여 미래를 가르치는 행위입니다. 지식은 과거적인 성격이지만 그것을 배우는 아이들은 미래를 살아갈 주체이기 때문입니다. 따라서 교육은 '가치'만이 아닌 무언가를 추구해야 합니다. 그것이 바로 '혁신'입니다. 혁신은 창의적인 요소로서 미래지향적인 의미를 지닙니다.

이러한 '가치'와 '혁신'을 기준으로 정책을 분석하면 형식적으로 네 가지 방향으로 나눌 수 있습니다. 첫째는 '가치'도 '혁신'도 지니지 못한 정책입니다. 이러한 정책은 과감하게 제거Eliminate해야 합니다. 둘째는 '혁신' 없는 '가치'입니다. 대체로 정책을 만들고 수행하는 과정에서 가장 많이 따르는 방식이 바로 이것입니다. 경쟁 대상이 되는 타조직의 정책을 벤치마킹 하여 '가치'를 창출하는 경우가 바로 여기에 해당합니다. 하지만 그 조직이 완성된 정책을 만드는 과정까지 벤치마킹 하기는 어렵기 때문에 분명 한계가 존재합니다. 이런 정책은 조금씩 감소Reduce시키는 것이 바람직합니다. 셋째는 '가치' 없는 '혁신'입니다. '혁신'이 무조건 새로운 정책을 만드는 것은 아닙니다. 창의성이 하늘에서 떨어진 무엇이 아니고 수많은 관계의 정립 속에서 만들어가는 무엇이듯이, '혁신'은 '가치'가 없으면 무의미하다고 볼 수 있습니다. 실질적인 정책의 집행까지는 많은 검토가 필요하지만, 그럼에도 교육정책은 현재 '가치'가 없는 '혁신'이라도 점진적으로 증가Raise시킬 필요가 있습니다. '혁신' 없는 '가치'와 '가치' 없는 '혁신'은 정책입안자 및 집행자의 철학이나 성향에 따라 감소와 증가를 선택할 수 있습니다. 보수적인 사람은 전자를, 진보적인 사람은 후자를 선택할 가능성이 높겠지요. 넷째는 '가치' 있는 '혁신' 또는 '혁신'을 통한 '가치'입니다. '혁신'과 '가치'를 동시에 추구하는 이러한 정책이야말로 새로운 시대를 준비할 수 있습니다. 이러한 정책은 끊임없이 창조Create

해야 합니다.

E-R-R-C, 즉 제거, 감소, 증가, 창조는 정책을 결정하는 사람이 반드시 고민해야 하는 과정입니다. 이러한 과정은 정책을 수행하는 개인이나 집단(교육에서는 교사, 학생, 학부모)의 욕구와 밀접하게 연관됩니다. 따라서 현재 그들의 욕구가 'needs'가 아니라 'wants'라는 것을 염두에 두는 것이 아주 중요합니다. 모든 학생, 모든 교사, 모든 학부모를 만족시키는 정책은 존재하지 않습니다. 그들의 결핍과 욕구가 저마다 다르기 때문입니다. 정책은 'wants'를 채워주는 방향으로 개발해야 합니다. '혁신'과 '가치'를 동시에 만족시키면서 'wants'를 채워주는 정책이란 무엇일까요? 그것이 정책을 만드는 사람들이 가져야 할 기본적인 고민거리입니다.

정작 위험한 것은
불신이 아닌 믿음

무언가를 믿을 때는 엄격해야 한다. 믿음을 뒷받침해주는 확실한 증거가 나타나기 전까지는 믿음을 유보할 줄 알아야 한다는 말이다. 이것은 물론 우리의 뿌리깊은 성향과는 맞지 않는 일이다. 그러나 이것이야말로 우리가 해야 할 중요한 일 중 하나다. 이런 비판적인 자세를 견지한다면 개인적인 차원은 물론이고 사회 전체적으로도 많은 이득을 볼 것이다. 또 결정과 판단도 다양한 정보를 바탕으로 더욱 현명하게 내릴 수 있을 것이다.

_토머스 키다, 박윤정 역, 『생각의 오류』에서

지금 우리는 정보의 홍수 속에 살고 있습니다. 정보는 사람들과 미디어를 통과하면서 때로는 잘못된 믿음을 퍼뜨립니다. 여기저기서 맹신과 오판 때문에 옆길로 새거나 길을 완전히 잃는 경우가 허다합니다. 버나드 쇼는 '우리 사회에 위험한 것은 불신이 아니라 믿음이다'라고 말했습니다. 불합리한 표현인 것 같지만 진정으로 공감했습니다. 소통을 어렵게 하는 것은 분명 불신입니다. 하지만 불신보다 더욱 소통을 어렵게 하는 것은 오히려 잘못된 믿음일 수도 있습니다. 뉴스에 나오는 광신도 집단에서 볼 수 있는 잘못된 믿음, 특히 그것이 지식인에 의해 이루어질 때는 정말 위험합니다. 소통이 되지 않는 사람이 소통을 말하고, 철학이 없는 사람이 철학을 강조할 때 이 사회는 위험에 빠집니다.

한 예를 들어보겠습니다. A식당이 새로운 곰탕을 개발했습니다. 사실 개발했다기보다는 지금까지 이어져온 곰탕 만드는 법을 정리했을 따름입니다. 어쨌든 A식당은 나름의 포장술로 사업에 성공했습니다. A식당은 그 성공을 토대로 곰탕 만드는 법을 전수하기 시작했습니다. 주변의 많은 식당들이 곰탕 만드는 법을 전수받았습니다. 물론 전수받는 과정에서 다른 식당들은 상당한 로열티를 지불했습니다. 이미 이용해온 방법이었기에 그 로열티는 성공 스토리를 사는 비용이었던 셈입니다. 하지만 모든 식당들이 A식당처럼 성공한 것은 아니었습니다. 매출이 늘어나지도 않았습니다. 그래도 A식당은 여전히 권위를 누리면서 번창했습니다. 곰탕이 인기를 누리자 주변의 많은 식당들이 곰탕 식당으로 업종전환을 하기도 했습니다. 문제는 거기에서 발생했습니다. 사람들은 다양한 메뉴를 원했지만 다른 음식을 음미할 기회가 원천적으로 제한되어버렸습니다.

이런 풍경이 교육현장에서 벌어진다면? 대한민국 교육은 바람과 결부되어 있습니다. 바람은 대체로 성공 스토리와 접목되면서 사교육을 유발합니다. 인기 있는 음식이 생기면 거기에만 집착하듯이 성공 스토리와 맞물린 바람이 학부모의 욕망과 결합되면서 아이들을 그 속으로 몰아넣습니다. 곰탕만 먹고 살 수 없듯이 바람과 결부되어 만들어진 그것만으로는 다양한 교육이 이루어지지 못합니다. 교육청을 비롯한 교육기관은 그러한 몰입을 성과라고 표현하기도 합니다. 하지만 교육은 다양성이 생명입니다. 현재 아이들의 마음이 모두 다르고 아이들의 미래가 그리는 풍경이 다양하기 때문입니다. 아이들이 현재 알고 있는 20여 개의 직업만이 아니라 2만여 개의 다양한 직업을 가질 아이들이기 때문입니다.

문제는 그것만이 아닙니다. A식당에 로열티를 지불하는 동안 다른 식당들은 영원히 A식당에 종속되면서 자신의 음식을 만들지 못합니다. 교육은 더더욱 그렇습니다. 특히 교육정책은 생각의 오류로 인한 실패를 초래해서는 안 됩니다. 반드시 '접속'한 다음에 '횡단'해야 하고, '횡단'한 다음에는 '생산'해야 합니다. '접속'한 다음 그 대상이 매력적이라면 거기에 몰입하는 것은 당연합니다. 하지만 그 몰입이 잘못된 믿음으로 발전해서는 안 됩니다. 그 대상에 대한 완전한 이해만이 교육의 전부가 아니기 때문입니다. 반드시 '횡단'의 과정을 거쳐야 합니다. '횡단'은 진정한 소통이기도 하고 대상의 내면을 들여다보는 과정이기도 합니다. '횡단'하면 맹신이 들어올 틈은 어디에도 없습니다. 그러한 과정을 거치면 자연스럽게 '생산'의 단계에 도달합니다. '생산'은 나만의 결과를 만드는 과정입니다. 물론 그 결과는 새로운 방법이기도 합니다. 더욱 중요한 것은 '접속'하고 '횡단'하고 '생산'한 그 결과가 교육이 아니라 그러한 과정 자체가 바로 교육이라는 점입니다.

'사이'에 길이 있다

"자네, 길을 아는가." (…)

"길이란 알기 어려운 것이 아닐세. 바로 저 강 언덕에 있는 것을."

(…)

"이 강은 바로 저와 우리와의 경계로서 언덕이 아니면 곧 물이지. 무릇 세상 사람의 윤리와 만물의 법칙은 마치 이 물이 언덕에 제際함과 같으니 길이란 다른 데서 찾을 게 아니라, 곧 그 '사이'에 있는 것이네."

_박지원, 『열하일기』에서

요즘 나의 언어와 언어의 갈피에는 채 아물지 못한 상처 입은 꽃씨들로 가득합니다. 여전히 내 언어는 많이 나아가지 않습니다. 언제 피었다 졌는지, 언제 완전히 떨어져 꽃씨로 여물지, 언제 상처를 보듬을 수 있을지 나도 모릅니다. 그럼에도 여전히 언어는 내 삶의 알맹이입니다. 설익은 욕망을 어금니 가득 물고, 내 부끄러움들이 수상하게 거리에 휘돌고, 하루하루 만들어지는 답답한 언어들이 불면을 넘어 날아옵니다. 참 어렵습니다. 문득 아직은 멀었노라고 누군가 귀엣말을 합니다. 언어가 걸어갈 방향을 정하고 싶습니다. 나만의 언어는 이미 저기에 있는데 거기로 가는 길은 가파르기만 합니다. 수많은 거짓말들 속에도 하나의 진실이 있듯이, 방법이 다르고 가치가 달라도 그 길이야말로 지금 내가 살아가야 할 이유가 아닐까요? 단지 내 언어를 향해 걸어가는 사실적인 해답과 마음을 알고 싶을 뿐입니다.

그러나 '지금, 여기'인들 사실적인 해답과 마음은 없습니다. 다름을 틀림으로 인식하고 서로를 물어뜯는 시간과 공간만이 세상에 가득합니다. 다름을 다름으로 인정하면 이편에서도, 저편에서도 물어뜯습니다. 그래서 상처를 덜 받으려면 어느 한쪽 편이 되어야 합니다. 그것이 21세기의 '지금, 여기'가 지닌 사실적인 해답과 마음의 풍경입니다. 하지만 거기에는 내가 찾고자 하는 언어가 없습니다. 세상에는 기다리는 것과 그래도 오지 않는 것이 있습니다. 무언가를 기다림으로써 현재의 내가 존재할 수 있는데, 기다린다고 해서 그것이 언제나 오는 것은 아닙니다. 중요한 건 내가 무엇을 기다리고 있는지조차 알 수 없는 현실입니다. 우리의 삶을 이끌어가는 것은 슬프게도 어느 자리에 박힌 표석이나 어느 공중에 휘날리는 깃발처럼 단단한 목표나 구체적인 꿈이 아니라, 몇 개의 단어와 단어들이 거느린 흐릿한 이미지들, 언어들 '사이'의 그리움일 뿐입니다. 그게 오히려 진실입니다.

연암 박지원은 말했습니다. 진리는 바로 그 '사이'에 있다고. '사이'는 대단한 의미를 지닙니다. 어렸을 때는 단지 '사이'라는 단어가 사이비를 의미한다고 생각했습니다. 그런 기준으로 보면 요즘 나는 사이비입니다. 이것도 아니고 저것도 아닙니다. 그래서 나는 그 의미를 능동적으로 해석하기로 했습니다. '사이'는 오히려 이것이기도 하고 저것이기도 하다고. 이것도 아니고 저것도 아닌 '사이'는 무의미합니다. 어차피 우리는 사람들 '사이'에서 살아가기 때문입니다. 따라서 진정한 '사이'는 이것이기도 하고 저것이기도 해야 합니다. 그것은 소통의 다른 표현이기도 합니다. 이것이 아니라고 거대한 벽을 만들어 저것을 거부하면 저것도 벽을 만듭니다. 그 벽을 사이에 두고 끝이 없는 대립과 갈등만 존재합니다.

'사이'는 물리적인 의미의 사이가 아닙니다. 진리는 바로 '사이'에 있습니다. 이것이 저것과 끊임없이 '접속'하고, '횡단'하고, '생산'하는 그것이 '사이'의 의미입니다. 그런 점에서 '사이'는 묘한 연대를 필요로 합니다. 집단화된 연대와는 다른, 느슨

하면서도 집요한 덩이줄기 같은 연대, 자유로우면서도 거기에서 질서를 창조하는 끈질긴 연대, 자신만의 세계를 창조하면서도 경계 바깥의 세계를 배려하는 연대, 나도 중심이지만 타인도 중심이라고 인정하는 연대, 보편적인 이상을 추구하면서도 개별적인 마음을 인정하는 연대, 그것이 사람이 살아가는 21세기의 풍경입니다. 이른바 시대정신입니다. 아이들에게도 '사이'를 가르쳐야 합니다. '사이'를 통해 서로 배려하고 나누는 삶을 가르쳐야 합니다. 그럼으로써 아이들이 살아갈 미래사회를 '사이'가 만들어가는 따뜻하고 행복한 풍경으로 채워야 합니다.

나의 걸음으로

길에 대한 생각을 오래, 그리고 많이 했습니다. 원래 길이란 없습니다. 사람이 걸어가면 길이 됩니다. 길을 몰라 헤매고 다닐 때가 많았습니다. 내가 걷는 걸음이 제대로 길을 찾아가고 있는지 고민한 적이 많았습니다. 하지만 요즘은 내가 걷는 모든 걸음에 대해 담담합니다. 그 담담함은 내 안에서 숨쉬는 확신에 다름 아닙니다. 다시 말하지만 내가 걸어가면 그건 이미 길입니다. 흔들릴 필요도 없고, 주저하거나 낙담할 필요도 없습니다. 서둘러야 할 때도 있지만 조금씩 더디게 가는 느림의 미학도 깨닫고 있습니다.

삶의 길에는 바로 그 삶에 지친 사람들이 너무나 많습니다. 내가 기획한 작은 정책들이 그들을 위로하고 그들에게 위안을 주는 과정이 되면 좋겠습니다. 내 보잘것없는 마음의 크기와 걸음의 길이가 그들에게 조금이라도 위로가 되면 좋겠습니다. 자본이 세계를 지배하는 시대를 살고 있지만 그래도 인간이 자본에 굴복해서야 말이 되지 않습니다. 욕망의 기차를 타고 나면 그때부터는 이미 마음의 길을 잃어버립니다. 비록 지금 당장 욕망의 기차에서 내리기가 힘들지라도 천천히 나만의 길을 찾아 걸어가는 사람의 등을 토닥이는 정책을 만들고 싶습니다.

나는 독서정책을 실행하는 사람입니다. 현재의 교육정책은 그것이 공교육이든 사교육이든 경쟁에서 이기기 위한 정책 개발에 매진하고 있습니다. 그 이유는 교육의 또다른 주체인 학부모들의 욕망과 닿아 있기 때문일 것입니다. 자본주의 사회에서 경쟁 자체를 부정할 수는 없는 일이지만 독서정책만이라도 그러한 경쟁으로부터 조금이나마 거리를 두고 아이들의 마음과 만났으면 합니다. 알고 보면 그것이 독서정책의 본질입니다. 독서정책은 상처받은 사람들을 보듬고 그 상처를 치유하여 아름다운 추억으로 만들어가는 길입니다. 경쟁이 중심이 된 대회보다는 어울마당이나 축제를 고집하는 이유가 거기에 있습니다. 물론 토론 어울마당이나 책축제와 같은 대규모 독서행사에 대해 비판하는 사람도 있습니다. 하지만 그러한 정책의 껍데기보다는 속살을 들여다봐주면 좋겠습니다. 행사의 결과보다는 과정을 지켜봐주면 좋겠습니다.

자주 바람이 붑니다. 가만히 그곳에 머물고 싶어도 자주 바람이 불어옵니다. 내 마음처럼 정책이 흘러가지 않을 수도 있을 것입니다. 삶이란 것이 내가 기획하고 걸어가는 방향으로만 움직이는 것이 아니기 때문입니다. 하지만 그것도 내 삶의 길인 것을. 내가 걷는 길은 여전히 무표정한 아스팔트로 덮여 있고, 거리는 겉만 화려한 네온사인으로 흔들립니다. 길들이 길을 잃어버리고 흔들리는 풍경으로 인해 나도 자주 흔들립니다. 그렇습니다. 가끔은 한 걸음만 디뎌도 됩니다. 왼발과 오른발 사이에 길은 존재하므로. 여기와 저기 사이에 길은 존재하므로. 내가 걸으면 그곳이 바로 길이 되므로.

물음표에서 느낌표로
국어교사 한준희의 행복한 인문교실 만들기

초판 1쇄 인쇄 2015년 8월 14일
초판 1쇄 발행 2015년 8월 24일

지은이 한준희 | 펴낸이 강병선 | 편집인 신정민

편집 최연희 강윤희 | 디자인 엄자영 | 저작권 한문숙 박혜연 김지영
마케팅 방미연 최향모 유재경 | 홍보 김희숙 김상만 한수진 이천희
모니터링 이희연 | 제작 강신은 김동욱 임현식 | 제작처 한영문화사

펴낸곳 (주)문학동네
출판등록 1993년 10월 22일 제406-2003-000045호
임프린트 싱긋

주소 413-120 경기도 파주시 회동길 210
문의전화 031) 955-1935(마케팅), 031) 955-2692(편집)
팩스 031) 955-8855
전자우편 paper@munhak.com

ISBN 978-89-546-3738-1 03810

이 도서의 국립중앙도서관 출판예정도서목록(CIP)은 서지정보유통지원시스템 홈페이지(http://seoji.nl.go.kr)와 국가자료공동목록시스템(http://www.nl.go.kr/kolisnet)에서 이용하실 수 있습니다. (CIP제어번호: CIP2015021264)

www.munhak.com